それでもあの日、
ふたりの恋は永遠だと思ってた
スターツ出版 編

Contents

この作品は
「こはならむ・堂村璃羽×スターツ出版 楽曲コラボコンテスト」から生まれた
受賞作品および書き下ろし作品を収録したものです。

イラスト／Monet nekoshima
デザイン／齋藤知恵子

つま先立ちの恋
冨山亜里紗

一四八センチのちびっ子女子大生・ナナと、
背が高く人気グループの同級生・ツカサ。
二視点から紡ぐ、切なくすれ違う身長差カップルの物語。

Side ナナ

「うー、届かない……」

ワンルームのキッチンで、頭上にある戸棚に手を伸ばす。

ストックの紅茶を取りたい。けれど私の手は届かない。

一四八センチの身長を呪う。

子供の頃からいっぱい牛乳を飲んだのに背は伸びなかった。ママのうそつき。

今、ツカサくんがいてくれたら――一八〇センチの彼ならひょいと取れるはず――。

はっと我に返って首を振る。

考えちゃだめ。もうツカサくんはうちに来ない。さよならしたんだ。

彼に頼ってばかりじゃだめだ。

横着しないでイスを持ってくればいいだけだ。ほら、紅茶取れた。楽勝、楽勝。

マグカップに紅茶を注いでミルクを足す。

飲みながら私はぼんやり考える。

ツカサくんの連絡先、まだスマホに残ってるんだよなぁ。

だって同じ大学の同じ学部だし。おまけに学籍番号が隣で、所用でやり取りするかもしれないし。

お互いの家に忘れ物があって連絡が必要になるかも。

現にうちには彼の部屋着用のTシャツがある。時々、飲み会終わりの深夜に突然うちに来る彼のために、私が用意したもので、別にもういらないのだろうけど。

あとは、あとは、だって、わざわざ消さなくたっていいし。

一切連絡しなければ、連絡先知らないのと大して変わりないもの。

最初からないものと思えばいいんだ。

連絡先も、ふたりの出会いも、一緒に過ごした日々も——。


そのとき、スマホが鳴った。

ドキッとする。まさか？

開くとスケジュールの事前通知だ。なんだ……。

いやいやなにを期待したんだ、自分。一切連絡しないとさっき誓い直したばかりだ。

スケジュールは来週の美容院の予約のお知らせだった。

私は部屋の姿見の前に立つ。

ふわふわのミルクティーベージュ色の髪の束をつまんで、

「だいぶ傷んでるな……」

手元のネイルもハゲかけている。ネイルサロンの予約を入れなきゃ。

スマホに手を伸ばすも、その動きが固まる。

〝入れなきゃ〟？　本当に？

髪もネイルも、彼の好みを目指してきた。

そしてその努力は、もう必要なくなったのだ。

壁のハンガーには一張羅《いっちょうら》の花柄ワンピースがかかっている。

デートに一度着たきりだ。ツカサくんに、またそれ着たの？と言われたくなくて二度目以降のタイミングがつかめなかった。

「考えすぎ……だったよね」

彼に好かれたくて、いっぱい考えて考えすぎて、風船みたいに破裂してぺしゃんこになった。

私って、バカだなぁ。

Side ツカサ

「え！　ツカサ、別れたの⁉　あのちっちゃい彼女と」

声でかいよ、アイカ。

「しかもフラれたんだって。だっせー」

うるせーよ、ユウスケ。

うちでアイカたちとたこパするから来いよ！とユウスケに誘われ、来てみたら。

どうやら彼女にフラれた俺のなぐさめ会でもあるようだ。

俺は今、アイカとユウスケを含む数人の男女とたこ焼きをつついている。

「へー別れたんだ、そっかそっか」

なに、嬉しそうにニマニマしてんだよ、アイカ。ひとの不幸は蜜の味か。

「ま、お前にしては地味な子だったよな。ナナちゃんだっけ」

失礼な、ユウスケ。別に地味じゃないだろ、派手でもないけど。

ナナはベージュの髪色が似合ってるし、ネイルもいつもカラフルに塗っている。

爪を飾る良さは男の俺にはわからんが。

小柄で洋服選びは苦労するらしいけど、会う度かわいい恰好をしている。

あの花柄ワンピース似合ってたな、また着てほしかったのに。

「ナナちゃん、一回鍋パのとき連れてきてたよね？」

アイカに聞かれ、俺は頷く。

「あったな。そんなことも」

「あの子、全然会話に入ってこなかったよね。鍋ばっかり見てた」

「えっ。俺には楽しんでるように見えたけど……」

「そお？　てか、ツカサの彼女には意外なタイプだったなー」

「意外って？」

「高校のとき付き合ってたのは、美人系の年上だったじゃん」

……よく覚えてるな、そんなこと。


高校生のとき、部活の先輩に告られてなんとなくＯＫした。

ところが先輩は卒業したとたん、あっさり大学生の男に乗り換えた。

甘いというより苦い思い出だ。

アイカもユウスケも他のメンバーも、中学からの同級生だから俺の恋愛遍歴を知っている。

皆、私立の中高一貫校からエスカレーターで大学へ進学した。必然的に大学でもつるんでいる。

エスカレーター組は派手なタイプが多く、学部内で目立っている自覚はある。

ナナは地方から上京してきた。同じく上京組の女子たちと仲がいいようだ。

俺とナナは学籍番号が隣で、入学式のオリエンテーションで隣の席になり、色々しゃべって仲良くなった。

純粋で優しいところが気に入って、俺から告白した。

ナナは真っ赤になっていたな。今まで見てきたどの女の子とも違う、新鮮な反応がかわいかった。なのに——。

『やっぱりツカサくんは、私とは違う世界のひとなんだよ。今までありがとう』

別れ際の、ナナの言葉がふいによみがえる。

違うってなにが？　友達が派手だとしても、俺はいたってフツーの人間だよ。

あんなに近くで毎日過ごしてたのに、なんで急に突き放すようなこと言われなきゃいけないんだよ。

……意味がわからない。

Side ナナ

「おはよー。ってナナ、髪！」

大学の教室に入ったとたん、仲良しのみっちょんが驚きの声をあげた。

私が黒髪のストレートヘアで現れたから。これこそ本来の髪型。

私は自分の髪を撫でながら、

「カラー代浮くし、地毛にしようかなって。パーマもやめた」

「や、清楚でいいけど、どした？　急すぎて」

「みっちょん。女子が急に髪型を変えるとしたら？」

「まさか」

「失恋したと」

大事なことなので方言で言った。

エヘと笑いながら。笑ったつもり。笑えたかな。

えええ！と嘆くみっちょん。


授業終わり、私の失恋話は大学近くのカフェにて。

みっちょんが、先に来たパフェを口に運びながら、

「あー、前に話してた鍋パとかもしんどそうだったもんね」

と頷く。私は自分の注文した品を待ちながら、

「あのときは私が勝手に気を使い過ぎて空回りしただけ。皆求めてないのに鍋奉行し続けたり」

「そもそもパリピの集まりなんて、いかにもナナ苦手そうなのに」

「ツカサくんがせっかく呼んでくれたし。彼の友達と仲良くしてほしそうだったから」


付き合ってた頃の私は、なにもかもが彼の基準だった。

ツカサくんが好きなモデルの髪型をまねた。

ツカサくんと仲の良いアイカちゃんたちみたいにネイルサロンに通いだした。

指先までぬかりなく綺麗な女の子になりたかった。

アイカちゃんみたいなモデル体型がうらやましくてジムにも行った。

ツカサくんにチビだチビだとからかわれ続けると、余計に自分のスタイルが気になって。

でも、おしゃれな美容院もネイルサロンも彼の華やかなお友達の輪も、本当は苦手だった。

いつもつま先立ちしてるみたいだった。

背丈が足りなくてプールの水面からあっぷあっぷと顔を出しているような、そんな息苦しさがあった。


みっちょんがウンウン頷く。

「ナナは頑張った。頑張りすぎたくらい」

「いくらでも頑張れる気がしてた」

「無理しちゃうよね。アタシも推しにいくらつぎ込んだことか」

みっちょんはバッグについたボーイズグループのキーホルダーを揺らす。そして、

「……でもねナナ。彼は彼で、ナナのことちゃんと好きだったと思うよ」

私は、はっと固まる。

うん、うん。知ってる。両目から涙があふれだす。

「私もすごく好きだった。幸せな思い出、たくさんある。だけどツカサくんといるときの自分が好きじゃない。背伸びばかりして自分らしくなくて、全然好きじゃない」

私はボロボロ泣く。涙が止まらない。

みっちょんは優しい目をして、

「今度はありのままでいられるひとに出会えるといいね」

「会えるかなぁ。こんな私が」

「〝こんな私〟なんて言わない。それが前進する第一歩」

「……はい」

「ナナが強くなったらね、きっと素敵なひとが現れるよ」

「ありがとう、みっちょん」

それから私は、店員さんが持ってきたふわふわのパンケーキを頬張った。

泣きながら、口の周りに生クリームがつくのもいとわず頬張り続けた。

「食欲あるなら大丈夫か」とみっちょんが笑う。


ひとしきり泣いて気持ちが落ち着き、食後のハーブティーを飲んでいた頃。

ふと店内の壁を見ると、外国製のおしゃれな世界地図が目に留まる。

ふいに私の口から、自分でも意外な発想がこぼれ出た。

「……美容代浮くし、お金貯めて海外でも行こうかな」

「いいねぇ。韓国とか？　グルメ&アイドルツアーしたい！」

「それも楽しそうだけど、もっと遠くの方――」

これは決して現実逃避ではなくて。

私の目線は低くて遠くまで見渡せないけど、ならば自分の足でどこまでも歩いて見に行けばいい。そんな気が、そうしたい気が、したのだった。

Side ツカサ

頭いてぇ。今何時だ。

午前五時。もう朝かよ。

たこパで飲み過ぎてつぶれたんだった。

横を見ると、同じく雑魚寝していたアイカも目を覚ましていた。

アイカは伸びをしながら、

「ねえ、元カノのことそんなに好きだったの？」

「は？　いつの話してんだよ。先輩のことなんて覚えてねーよ」

「？　ツカサこそ、なに言ってるの。ナナちゃんの話」

はっとする俺。

そうか。ナナももう「元カノ」なんだ。「俺の彼女」じゃないんだ。

今さらになって、呆れるくらい気持ちが沈んだ。

「で、そんなに好きだった？　ツカサが珍しくお酒でつぶれるくらい？」

「アイカしつこいぞ。なんでそんなこと聞くんだ」

「ナナちゃんのことほんとに好きなのかなぁって疑問だったんだよね。鍋パのときとかイジリまくりでひどかったし」

「は？」

「こいつチビだから〜とか、牛乳もっと飲めよ〜とか。小学生男子かよって思っちゃった。あの子、皆の前で恥ずかしそうで可哀そうだったよ」

「……」

「あたしツカサのこと好きだったけど、あれはちょっと引いたわ」

「引いたって……いや待てその前の好きってなに、は？　俺を？」

「ツカサが好きな子をいじめるタイプだったとは。クールだと思ってたけどまだまだ幼稚なガキだね」

アイカは「お、始発出そう」と身支度を始める。

俺は呆然と取り残される。


チビ扱いしてたのは、愛情の裏返しだ。

背の低いナナは、キスするとき、つま先立ちになるところがかわいかった。

いまだに牛乳をこそこそ摂取してるのもいじらしくて、ついからかいたくなった。

ちっちゃくて愛おしい、ポケットに入れたくなるような大切な女の子だった。

俺の愛情、伝わってなかったのかな。

そもそも愛情表現、間違ってたのかな。

ナナが思ってるよりずっと、俺、ナナのことすげー好きだったんだよ。

今日、学食で彼女を見かけた。
黒髪のさらさらヘアで見違えた。入学式で出会った頃のようだった。
でもなにかが確実に違う。あの頃よりずっと綺麗になった。
思わずアイカに伝えたら、
「女は恋をすると綺麗になる。で、失恋するともっと綺麗になっちゃう」
と悪魔的な笑みを浮かべて教えられた。
なんだか、ナナに置いていかれるような気がした。
留学相談窓口でも姿を見かけたし。海外留学でもするつもりか？
……無性に焦りが湧いた。ナナが遥か遠くへ行ってしまう気がして。
別に今さら恋愛関係に戻れるとは思っていない。
終わったものは終わったのだ。と、自分に言い聞かせている。
同じ歩幅で歩くことはもうないのだろう。
でも彼女が駆け足で前へ進んで行くのなら、俺だって早く大人にならないと。
置いてけぼりだけはごめんだ。
そんなの、あまりにもカッコ悪いから。

Last

キャンパスの並木道や中庭に桜の花びらが降りそそぐ。

始まりとさよならの春。

四年間ってあっという間だ。

「ナナ、袴にブーツかわいい！　ハイカラさんみたい」

だってブーツの方が身長盛れそうだからね。

笑顔満開のみっちょんと一緒に卒業式に出席する。

「皆さん、ご卒業おめでとうございます」

入学式以来に見る学長が、モラトリアムの終了を告げた。


式のあとは、そのまま構内のホールで謝恩会が開かれる。

学籍番号順のテーブルについてください、と案内を受けた。

……学籍番号？　ということは。

「久しぶり」

その、変わらない低い声。

私を見て一瞬ぎくっとしたあと、苦笑いに近い笑みを浮かべた彼。

ツカサくんが、そこにいた。

「久しぶり、だね」

私はおずおずと隣の席につく。

私たちは同じ学部だけど、別れたあとはあまり顔を合わせなかった。

というか、教室の隅で見かけることはあっても、まったくしゃべっていない。

選択授業もゼミもサークルも違うと、大学生というのは構内でも驚くほど顔を合わせないものだ。彼とは交友関係もまるで違うし。

私たちって、そもそも本当に違う世界の人間だったんだ、と別れてから改めて思い知らされた。

袴の女子とスーツの男子でにぎわう会場を見渡す。

こんなにたくさん学生がいる中で学籍番号が隣だったこと、そのひとと恋をしたこと、それは奇跡だったんだ。

「ナ……就職、どこになった？」

ツカサくん、今名前を呼びかけてやめた。

気軽に呼び捨てする関係性かどうかわからないんだろうな。

変に律儀なとこも、やっぱり変わってない。

私はなんだか安心して、頬がゆるむのを感じた。

「地元の市役所」

「えっ。地元帰るんだ」

「そんなに意外？」

「いや、らしいっちゃらしいけど。ほら前に留学してただろ。海外進出でもするのかと思った」

「あれ、よく知ってるね。留学の話してたっけ」

「……たまたま知っただけ。どこの国行ったんだ？」

「イギリス」

「ふーん。勉強しに？」

「もちろん。語学学校通った」

「ほんとかぁ？　カフェで紅茶ばっか飲んでたんじゃねーの」

相変わらずの、からかいぐせ。

「違うよー」と私は自然とクスクス笑った。ツカサくんもアハハと笑う。

私たちはちゃんと、笑い合えた。

「でも、海外進出って。飛躍しすぎ」と、ふき出す私。

「いやまじでさ。留学して一気に海外志向になる奴もいるじゃん」

「私はね、世界に触れたことで、むしろ日本の地方都市の良さに気付いたのです」

「ほぉー」

「背伸びしなくても、等身大がいいって思えたの」

私の地元はいいところだけど娯楽に乏《とぼ》しいせいか、Uターン就職する若者は少ない。だからこそ市役所のおじさんたちが大喜びで待ち構えてくれているらしい。

必要とされるのは、嬉しいし、頑張ろうって思う。

帰るのが素直に楽しみだ。

「そういうツカサくんは？　どこに就職するの？」

「俺は広告代理店。くそ忙しそう」

「へー！　なんかカッコいいね」

「そうか？　そっちの話聞いてたら、俺の場合はカッコつけて就職先選んだような気がしてきた」

「ツカサくんは、カッコつけてるのがカッコいいよ」

「なんだそれ」と笑ってから、ツカサくんはふと真顔になって。

「あんまり他の男にカッコいいとか言うなよ。彼氏に怒られんぞ」

「……そっか」

私は無意識に、右手の薬指の指輪をなぞる。

遠距離になるからって、今の彼が卒業と就職祝いをかねてプレゼントしてくれた。

アクセサリーなんて珍しいチョイスだから、「男よけ？」って私が冗談で聞いたら、
彼は「まさか」と言いつつうろたえていた。
優しくておだやかなひと。遠距離になってもこのひととなら大丈夫と信じている。

謝恩会の最後は、中庭で皆で写真を撮り、お開きとなった。

おのおの名残惜しく友人同士でしゃべっている。

私はこのあと、みっちょんら仲良しグループで飲みに行く約束をしている。

そろそろお店に行こうと皆で話していたときだ。


「ナナ！」

その声で名前を呼ばれると、反射的にドキリとする。

振り返ると、ツカサくんが彼の仲間の輪から抜け出してこちらにやってきた。

「会えて良かった」

「……私も。まさか大学最後にもう一度、隣同士になるなんて」

「じゃなくて」

桜がハラハラ舞う中、照れくさそうに笑うツカサくん。

「ナナと出会えて良かった」

胸がギュッとせまくなった。

この感情は、今のものではない。今の私のものではない。

ざわめく感情が過去の記憶を呼び起こす。

＊＊＊

四年前。始まりの春。

東京の迷路みたいな地下鉄に疲弊し、ようやくたどり着いた大学構内。

今度は入学式が開かれる講堂の場所がわからず、私は半泣きでさまよっていた。

「新入生？」

ふいに、スーツ姿の男の子に声をかけられた。

……東京の男のひとってシュッとしとーね。かっこよかね。

なんて一瞬どぎまぎしてから我に返り、

「あの、えっと、講堂はどちらでしょうか……！」

「あ、迷子か」

と笑われて、おそらく私の顔は真っ赤になっていただろう。

「入学式だろ。俺も。あっちだよ」

どうやら付いていっていいらしい。

並んで中庭を歩きだす。いくつかの校舎を通り過ぎる。

そのとき、風が強く吹いた。

私が手にしていた出席票が飛んでいってしまう。

彼――ツカサという名前はあとで知った――が拾いに行ってくれた。

お礼を言って受け取ろうしたときだった。

私の出席票に目を落としていた彼が、ぱっと顔を上げ、

「俺たち、学番隣だ！」

桜が風に舞い上がる中、ニカッと笑ったその笑顔。

瞬間、たしかに胸がギュッとせまくなったのだ。

＊＊＊

「私も、ツカサくんと出会えて良かった」

かつて大好きだった気持ちと、卒業とお別れの感傷が交じり合って、思わず鼻の奥がつんと痛くなる。

でも、最後の最後こそ、笑顔で終わりたい。

「ありがとう！　元気でね」

「おう。ナナも、頑張れよ！」

ちょうどそのとき、「ナナちゃん、皆行っちゃうよ」と友人の女子に呼ばれ、私は彼のもとを去った。

友人と並んで正門に続く桜並木を歩きだす。

けれども私は上の空で桜の木々を見上げていたので、隣の彼女が心配そうに、

「ナナちゃん？　ぼんやりしてどうしたの」

「きっと――。ううん、なんでもないや」

気を取り直して、仲間との卒業祝賀会と四月からの新生活への期待に胸をふくらませる。

だから、彼が私の背中を見送りながら、まったく同じことを呟いていたのは、知らなかった。


――きっと、桜が降るたび君のことを思い出すんだろうな。

エイプリルフール
小桜菜々

好きなひとに好きになってもらうなんて、奇跡だ。

「ただいまー」

玄関に目を向けると、彼が肩をすくめながら、暖を求めて小走りでリビングに飛び込んできた。三月下旬とはいえ、夜はまだまだ冷える。

「おかえり。早かったね」

「今日は直帰できたから」

「そっか。お疲れさま」

「酒とつまみ買ってきた。一緒に飲もうよ」

彼は左手に持っている大きなコンビニ袋を掲げて微笑んだ。たまに早い時間に来るときは、こうして手土産を持ってきてくれる。

せめてもの償いのつもりなのだろうか。今の私たちは、気軽に外食なんてできないから。

胸の痛みを隠しながら微笑み返した。

先ほど当然のように合鍵で部屋に入ってきたそのひとは、当然のようにスーツの上着と靴下を脱ぎ捨ててソファーに倒れ込んだ。私も私で、当然のように「おかえり」と言ったけれど、私たちは一緒に住んでいるわけじゃない。

ここは私の部屋で、彼が来るのは週にたったの一回。しかも決まってド平日の水曜日だ。

「スーツ皺になっちゃうよ」

「ちょっとくらい大丈夫だよ。あーやっぱここが一番落ち着く」

「だらけても怒られないから？」

「爽香《さやか》がいるから」

甘い声で甘い台詞を吐く彼は、一年前から付き合い始めた彼氏——と言いたいところだけど、残念ながらこのひとは私の彼氏じゃない。

このひとの彼女は、私じゃない。

＊

将輝《まさき》と私の歴史はそこそこ長く、とても浅い。

初めて将輝の存在を知ったのは中一の春。同じバスケ部だった。

ただでさえ中学生にとって二学年上の先輩なんてとてつもなく美化されて映ってしまうのに、中でも将輝は圧倒的に目立っていた。

イケメンで、優しくて、明るくて、断トツでバスケが上手だった。

もちろん部内で将輝を特別視していたのは私たち一年生だけじゃない。二年生も三年生も、私統計だけど多分九割くらいの女子が彼に好意を抱いていた。

そんなモテモテの三年生に一年生が近付けるはずもなく、ただ遠目に見ていただけ。

唯一の接触は、シュート練習をしているときに将輝のボールが転がってきたら全力で追いかけて素早く拾って、取りに来た将輝に手渡すくらい。

たったそれだけなのに、「ありがと!」と眩《まばゆ》い笑顔を向けられるだけでドキドキして、夜も眠れないくらいだった。

もちろん距離が縮まることなく将輝は部活を引退し、学校を卒業し、私の初恋は終了した。

告白はできなかった。

先輩に目をつけられるのが怖かったのもあるけれど、将輝には彼女がいたからだ。

再会したのは高一の春。

バスケ部に入部するため体育館を覗きに行ったとき、「入部希望?」と声をかけてきたのが将輝だった。

まさかの再会に石化した私の顔をまじまじと見て、将輝が言った。

「中学、一緒だったよね?」

「へっ? あ、あの、お……覚えててくれたんですか? 話したことなかったのに……」

「そりゃ覚えてるよ。俺がシュート外したボール、よく拾ってくれてたじゃん」

変わらない笑顔を向けられた瞬間、私はまんまと二度目の恋に落ちた。

顔を合わせれば雑談をする程度には仲良くなれた。中学時代に比べたら大きすぎる前進だった。だけど告白はできないまま、将輝は部活を引退し、学校を卒業した。

普通にめちゃくちゃ彼女になりたかった。なのに結局なにもできなかったのは、たまに話しかけてくれるだけで幸せだとか、そんな健気で可愛らしい理由じゃない。

ただ、その頃も将輝に彼女がいただけ。


出会ってからずっと、将輝のことだけを一途《いちず》に想い続けていたわけじゃない。それなりに恋をして、それなりに経験を重ねていた。

ただ、ふと思い出すときがあった。無意味だとわかっていながら、なにもできなかった過去の自分を悔いてしまうときがあった。後悔という感情は、そう簡単には消えてくれないらしい。

ほんのささやかな未練はあったものの、さすがにもう会うことはないだろうと思っていた。

一年半前――大学二年の秋に、なんとなくバイトを始めた日までは。

「爽香ちゃん？」

バイト初日に店に入ったとき、目の前に現れたのは紛れもなく将輝だった。

「……先輩」

もうよくない？と思った。

運命を感じるには充分なくらい、私たちは再会を果たしていた。

そして、相変わらずの眩い笑顔は、三度目の恋に落ちる理由としても充分すぎた。

将輝は私の教育係になり、バイト終わりにご飯を食べに行く仲になるまで時間はかからなかった。中高と一緒だった私たちには自己紹介なんて必要なく、共通の話題も多かったのだから。

「もうすぐ卒業かあ」

バイトを始めて三か月が過ぎた冬の帰り道、白い息を吐きながら将輝が言った。

その日の私は少し焦っていて、ひどく緊張もしていた。上の空だったからなにを話していたかはまったく覚えていない。

いよいよ告白する決意をしていたからだ。

将輝が卒業したら、今度こそ本当に会えなくなるかもしれない。できるかもわからない奇跡的な再会を待つのも、先輩と後輩という関係で終わるのも、後悔を増やすのも、もう嫌だった。

私はただ、将輝の彼女になりたかった。

「爽香？　どうかした？」

将輝がふいに私の顔を覗き込んだ瞬間、気持ちを言葉にするよりも先に、将輝に顔を近付けた。

残りたった数センチで、将輝は慌てて顔を背けた。

「ごめん、爽香……」

まさかよけられると思っていなかった私は、呆然と将輝を見上げた。

「——俺、彼女いる」

聞いてないですけど、そんなの。

ああ、そっか。言うまでもなかったのか。

彼にとって私は、彼女がいることを言う必要性すら感じないほど、ただの後輩でしかなかったのか。

——恥ずかしい。

キスをしようとしたのは、衝動なんかじゃなかった。

将輝はとっくに私の気持ちに気付いている。その上で、こうして一緒にいてくれている。だから当然受け入れてくれる。そう思っていた。

つまり私は、両想いだと勘違いしていたのだ。

「そう……だったんですね。普通に遊んでくれてたし、彼女いると思わなくて……」

違う。その可能性は頭の片隅にあった気がする。だからこそ、彼女の有無をあえて聞かなかった気がする。

だって将輝の隣には、いつも私以外の誰かがいたのだから。

「あ……はは。いや、あの、えっと、今の気にしないでっていうか、忘れちゃってくれていいんで。なんていうか、その、そういう雰囲気かなーとか思っちゃっただけなんで。こっちこそごめんなさい」

もはや自分がなにを言っているのか、なにがしたいのかわからなかった。

ただ、将輝の安堵したような顔を見たとき、この反応が正解だったということだけはわかった。


私たちは、表面上はなにも変わらなかった。まるであの日のことはなかったかのように、普通に過ごしていた。

いや、なかったことにしていた。そうしなければ、もう将輝のそばにいられない。今となっては、好きだと口にしなかったことだけが不幸中の幸いだった。

三月三十一日。

将輝のバイト最終日だったその日、バイト仲間のみんなで送別会をした。

将輝は明らかに様子がおかしかった。ヤケ酒という言葉がしっくりくるくらい無茶な飲み方をしていた。

三件目に向かう途中、わいわいと騒ぎながら歩いていくバイト仲間から少し距離をとって歩いていた将輝が、突然立ち止まってしゃがみ込んだ。

飲みすぎたのかと心配して近寄ったとき、将輝はごく小さな声で言った。

「……愛、浮気してるかも」

誰?とは聞き返さなかった。わざわざ確認するまでもなくすぐにわかったし、なにより将輝の口から〝彼女〟という言葉を聞きたくなかったからだ。

「浮気、って……」

「最近、急にバイト入ったっつってドタキャンされること増えたんだよ。明日だって、あいつ誕生日なのに結局またドタキャン」

ふいに時計を見ると、ちょうど日をまたいだところだった。

将輝が言う『明日』は、おそらく今表示されている四月一日のことだろう。

「でも、それだけで……」

「バイト先にやけに仲いい男いるんだよ。タイチくんタイチくんって、そいつの話ばっかりだし。ドタキャン増えたのもそいつがバイトに入ってきてからだし」

よほど酔いがまわっているのか、将輝はまくし立てるように地面に向けて言葉を吐き捨てていく。

「バイト先って……駅前のイタリアン居酒屋?」

一度小さく頷いた将輝は、思い出したようにはっと顔を上げた。

「そういえばそいつ、爽香と同じ大学のはずなんだけど、知らない？」

「え？」

「いや、ごめん。知ってるわけないよな。まじごめん、俺テンパりすぎ……」

再び地面に視線を落とした将輝は、左手で頭をくしゃくしゃとかいた。

混乱していた頭の中で、バラバラだった欠片《かけら》がひとつにまとまっていく。そのとき、ふたつの選択肢が浮かんだ。

どっちを口にするか迷いながら、項垂《うなだ》れている将輝の前にしゃがむ。将輝の肩は小刻みに震えていた。将輝のこんな余裕のない姿は見たことがない。

──そっか。彼女のこと、そんなに好きなんだ。

悔しい。ひどく傷ついている好きなひとを前にして、真っ先に浮かんだ感情はそれだった。同時に、頭の中でなにかが小さく弾けた気がした。

当然選ぶべきだった選択肢を捨てて、

「──浮気、しちゃえばいいのに」

今にも泣きだしそうな将輝にキスをした。

その瞬間、私は仲のいい後輩からただの浮気相手に成り下がった。

私は故意に最悪な方を選んで、弱っているときにつけ込んだ。

正真正銘、問答無用で最低だった。

＊

ベッドの上でぼんやりと天井を見つめながら、そんなことを思い返していた。

「爽香、スマホ鳴ってない？　珍しいな」

将輝はちょっとした嫌味を言ったつもりだろうけど、珍しいのは当たり前だ。一緒にいるときは電源を切ってるんだから。今日はいつもより早く来たから切り忘れていた。

「あー……うん」

将輝に背中を向けて、サイドテーブルに置いてあるスマホに手を伸ばす。邪魔者は一体誰だろう。

見ると、飲み会の誘いだった。日付を見て少し悩んでから『行く』と返信したとき、背後から視線を感じて、咄嗟にスマホを裏返しに置いた。

後ろからそっと伸びてきた両腕に抵抗せず、素直に身を委ねる。

「連絡、誰から？」

「友達。来週の土曜に高校の同級生で集まろうって」

「男？」

「うん。小学校からの腐れ縁で――」

言いながら振り向くと、将輝は私の後頭部をおさえて唇を押し当てた。

将輝はいつもそうだ。私の話を最後まで聞かずに一方的に遮ってしまう。

だから私は、言うべきことを言えなくなる。

ていうか、どの面《つら》下げて嫉妬なんかしてくるんだろう。

「ねえ。来週の日曜って、暇？」

言うと、将輝は私の肌に触れていた手を止めて、これでもかというほど顔を強張らせた。

「え……日曜って、四月一日……だっけ？」

「うん」

「なんで？　週末に誘ってくれるなんて珍しいな」

「なんとなく」

「そっか。……ごめん。その日はちょっと……」

将輝は左手で頭をくしゃくしゃとかいて、私から目を逸らした。

将輝は嘘がド下手くそだ。こんなんでよく一年間も浮気ができるな、と思う。実は彼女にばれてるんじゃないだろうか。それにしてはやけに周囲が静かすぎるけれど。

「うん、わかった」

冗談だよ。ちょっとムカついたから、意地悪でも言ってやろうかと思っただけ。四月一日は彼女の誕生日だって、ちゃんと覚えてるよ。忘れられるわけがない。この関係が始まった日でもあり、私の誕生日でもあるのだから。

将輝は私の誕生日を知らない。私たちの関係なんてその程度だ。

ただの浮気相手である私と会うより、彼女の誕生日を優先するのは当たり前なのだ。

――邪魔者は誰？

誰に問うまでもなく、間違いなく私。

だからもう、こんな関係は終わらせなければいけない。

一か月前に決意した「さよなら」を、いい加減言わなければいけない。


飲み会に参加したのは、土曜日だったから。それだけ。

週末は、将輝は絶対に家に来ない。多分彼女と会っている。

出会ってからずっと、将輝は私に彼女の話をしないから断言はできない。名前を口にしたことすらあの一度きりだ。とはいえ、それくらい聞かなくたってわかる。

わかっているから、週末は家にひとりでいたくない。どうしても考えてしまう。

将輝が彼女とどんな話をしているのか、どんな風に笑いかけるのか――どんな風に抱くのか。

そんなことばかり想像して、勝手に泣きたくなる。

「彼女に振られた」

私を飲み会に誘った幼馴染が、浴びるように飲んでいたお酒の手を止めて、突然テーブルに顔を伏せた。私以外の三人が「え」と声をそろえる。

私は耳だけ傾けて、無言のままお酒を口に運び続けた。悪いけど、ひとの失恋話に付き合うほど心に余裕はない。

「彼女って、チカだっけ？　結構長かったよな？　なんで別れたの？」

「ユイだよ。チカさんは先輩。そのチカさんと浮気疑われてキレられた」

流し聞きしようと思っていたのに、突如出てきたワードに反射的に身構えてしまう。

「え、おまえ浮気してたの？　引くわ普通に」

「するわけねえだろ。チカさんもうすぐ結婚するんだぞ。つーか、そうじゃなくても浮気なんかしねえよ。最低だろ。ただの先輩だって何回も説明してんのに、信用できない、もう無理！　だって」

耳も胸もえぐられているみたいに痛い。

早くこの話題が過ぎ去ってくれることを願いながら、やけに焼酎が濃いウーロンハイを喉に流し込んだ。

「けどまあ、そうじゃなくてもそのうち振られてただろうな。最近はだらしないだの頼りないだの怒られっぱなしだったし、ユイが俺に冷めてきてんのも気付いてた。浮気のことだって、ただ俺を悪者にして別れたかっただけかもな」

「んな卑屈になるなって。まあわかるよ。男って好きな子の前だと無理してかっこつけちゃうよな。そのうちばれるってわかってても」

この期に及んで、私はなにを傷ついているんだろう。ちゃんとわかっていたはずなのに。

——あーやっぱここが一番落ち着く。

きっと彼女の前ではかっこつけてるんだよね。私といるのが楽なのは、そうする必要がないからだよね。私に呆れられようが見離されようが、将輝にとっては取るに足らないことなんだよね。

「爽香？　おまえ大丈夫？　なんか顔色悪いけど」

我に返って顔を上げると、今度はみんな私を見ていた。

「ごめん、ちょっと悪酔いしたかも。今日は帰るね」

財布からお札を数枚取り出してテーブルに置き、足早に店をあとにした。

部屋でひとりになると、一気に力が抜ける。

今日は飲み会で疲れたというのもあるけれど、将輝が帰ったあともいつも同じ感覚を覚える。

——男って好きな子の前だと無理してかっこつけちゃうよな。

男だけじゃないよ。女だって、好きなひとの前では無理しちゃうんだよ。

将輝といるのは楽しいし幸せだ。その反面、ものすごく神経を使う。嫌われないように、呆れられないように、見離されないように。はっきり言ってものすごく疲れる。

だけど、それでも、一分一秒でも長く、一緒にいたかった。

床にぺたんと座り込んで、ぼんやりと空《くう》を見つめた。

ふと時計が目に入る。時刻はまだ十九時を過ぎたところだった。

あと五時間後——私が二十一歳を迎えるその瞬間、将輝は彼女といるのだろう。

誕生日なんて来なければいい。もう一秒たりとも時が進まなければいい。今すぐに——たとえこんな無様な関係だとしても、将輝の中に私が存在できている今この瞬間に、時が止まってしまえばいい。

次に会うときこそは、絶対に「さよなら」を言わなければいけない。

そんな日は、一生来なければいい。

「——爽香？」

座り込んでいた私の後ろから、するはずのない声がした。

緩慢な動作で振り向くと、将輝は眉を下げて私の前にしゃがんだ。

「なんで……？」

「いや、その、ちょっと心配で」

私の異変に気付いていてくれていたんだろうか。それとも、今日男友達と会っていたことに対する心配だろうか。

もう、どっちでもいいや。

だって私は今、素直に嬉しい。

土曜日にこの家に来てくれたことも、嫉妬してくれたことだって、本当は嬉しかった。

「ありがとう。来てくれて」

将輝は左手を伸ばして私の頬に触れた。

まだなにも飾られていない、まっさらな左手。

近いうちに、薬指には指輪が光るだろう。

「爽香、目赤いよ。大丈夫？」

全然大丈夫じゃないよ。こんなに突然〝次〟が来るなんて思わなかったから。

結婚なんてしてほしくない。二番目でもいいから、将輝といたい。

だけど、ちょうど良かったのかもしれない。どっちにしろ、もうとっくに限界だった。

この関係を続けるには、好きになりすぎた。

どうしようもなく、将輝のことが好きだった。

——さよなら、しよっか。

言わなければいけない台詞を飲み込んで、あの日と同じように、言葉よりも先にキスをした。

最後に抱いてほしいなんて、引かれちゃうかな。

だけど、将輝の体温を感じたい。この身体に、将輝の感覚を刻んでおきたい。

明日からいつまで続くかわからない寂しい夜を、ひとりでもちゃんと乗り越えられるように。

◇◇◇

歩きながら、家を出る直前に爽香が言った台詞を思い返していた。

——好きなひとができたの。だから……合鍵、返して。

正直ショックだった。爽香はずっと俺を好きでいてくれていると思っていた。だけど、同じくらいほっとしている自分もいた。早く言わなければいけないと焦りながらも、タイミングを逃し続けていたからだ。

彼女のことも、別れも——なにより、あの日ついたままだった嘘も。

思考を遮断するように、ポケットでスマホが震えた。慌てて取り出すと、画面には恋人の名前が表示されていた。

なにを期待したんだ、俺。爽香とはほんの五分前に終わったはずなのに。

『もしもし、将輝？　あれ、今外にいる？』

風邪を引いたと嘘をついていたこと思い出し、ひとつ咳をした。

「あ、うん、飲み物とかなくなっちゃって、買いに出たとこ」

『言ってくれれば持っていったのに』

「熱は下がったから大丈夫だよ。それに、俺よりおまえの方が安静にしてなきゃだろ」

彼女から妊娠したと報告を受けたのは、二か月前だった。

動揺しなかったと言えば嘘になる。だけどあまりにも幸せそうに笑うから、覚悟を決めた。

「今日ドタキャンしちゃってごめんな」

『いいよ。風邪ならしょうがないし』

いい母親になるだろうな、と思う。明るくて、優しくて、しっかりしていて、冷静で、面倒見がよくて、包容力があって。長所なんかいくらでも出てくる。

俺なんかとは全然違う。

『ねえ、将輝。……本当に、もう大丈夫なんだよね？』

「大丈夫だよ。明日は会おう」

『そっか、わかった。でも——次は絶対に許さないからね』

「わかってるよ。……ほんとごめんな、愛《ちか》」

一年前、彼女は浮気をしていなかった。

そんなことはちゃんとわかっていた。送別会シーズンで彼女のバイト先が忙しくなり、なかなか会えなくなったことへの寂しさと嫉妬のせいで、つい口走ってしまっただけだ。

浮気なんかするような奴じゃない。俺には眩しすぎるほど完璧な人間なのだから。たまに、どうしようもなく窮屈に感じてしまうくらいに。

だから、汚い自分を受け入れてくれる爽香の隣は居心地が良くて、抜け出せなかった。

爽香はなにも知らないのに、巻き込んでごめん。ずっと嘘ついてて、本当にごめん——。

◇◇◇

誕生日なんかさして重要な日じゃない。ただひとつ歳をとるだけ。

別にいいじゃない。ベッドから動く気力すらなく、夕方までぼうっとしているだけの誕生日だって、そんなに悪くない。

ただひとつ気になっているのは、しつこく鳴り続けているインターホンのチャイムだ。「留守です」と心の中で呟きながら、かれこれ三回ほど無視しているのに、とうとう四回目のチャイムが響いた。なんて諦めの悪い。

ああーもう、と胸中で叫びながら起き上がる。ドアを開けると「いるじゃねえかよ」と言いたそうな宅配員さんにまったく覚えのない荷物を渡された。小声で謝罪し、それを受け取った。

最近ネットで買い物をした覚えはないし、誰かから荷物を送るという連絡も受けていない。訝《いぶか》りながらリビングに戻って差出人の名前を確認する。

その瞬間、心臓が大きく跳ねた。

震える指先で箱を開けていく。

中にはシンプルなブレスレットと、メッセージカードが入っていた。

〈誕生日おめでとう。一緒にいられなくてごめん。来年は一緒に過ごそうな。将輝〉


瞬時に頭の中が「なんで」で埋め尽くされ、いよいよ真っ白になった。

ただただ呆然とすることしかできなかった。

メッセージカードに水玉模様が三つできるまで、自分が泣いていることにすら気付かなかった。

手の甲で拭っても、何度拭っても、涙が止まってくれない。

「なんで……私の誕生日知ってるの……？」

私はどうしようもなく馬鹿だった。

将輝が離れていかないよう必死にかっこつけて、平気なふりをして。

ふたりの時間を邪魔されたくないから、将輝といるときはスマホの電源すら切って。

少しでも長くいられるように、毎週水曜日は絶対に予定を入れないようにして。

将輝が私を選んでくれないことくらい、とっくにわかっていたのに。

だけど馬鹿だから、この部屋で一緒に過ごしているとき、将輝の腕に包まれているとき、どうしても、ほんのちょっとだけ、思っちゃうんだよ。

私のこと好きになってくれたらいいのに。彼女にしてくれたらいいのに。いっそのこと彼女にばれて、別れてしまえばいいのにって。

どうしてプレゼントなんか送ってくるの。

嘘つき。どうせつくなら、もうちょっとましな嘘ついてよ。本当に嘘がド下手くそだな。

来年なんてあるわけないじゃん。悪いなんて思ってないじゃん。

私のことなんか好きじゃなかったくせに。結婚するくせに。好きなひとができたって言ったとき、ほっとしてたくせに。

ずっとそうなればいいと思ってた？　私が他の誰かを好きになれば、こんな関係を断ち切れるのにって。

最初からわかってたんだよね、私の気持ち。だからずっと彼女の話をしないでくれたんだよね。私を切れなかったんだよね。結婚するから終わりにしようって言えなかったんだよね。

そんなの、優しさでもなんでもないのに。

だけど私はずっと、将輝のそういうところにつけ込んでいた。

だから、謝らなくていいよ。

むしろ、謝らなきゃいけないのは私の方だから。

あのね、将輝。

私にだって、秘密くらいあるんだよ。

「爽香、誕生日おめー！　飲むぞー！　……って、え、おまえなんで泣いてんの」

インターホンすら鳴らさずに不法侵入してきた無礼者は、つい昨日会っていた、彼女に振られたばかりの幼馴染だった。

「勝手に入ってこないでよ」

「鍵開いてたから。なんだよそのかっこ。こんな時間まで寝てたの？」

「いいでしょ別に。なんか用？」

「だから、誕生日祝い。ほんとは昨日サプライズする予定だったのに、急に帰りやがったから仕切り直し。あとでみんなも来るよ」

その無礼者は、当然のように冷蔵庫を開けてお酒を次々と放り込んでいく。

どうして私の周りにいる男どもはこうも図々しいのか。

「で、なんで泣いてんの？」

「ほっといて」

私に泣く権利なんてないことくらいわかってる。今こんなにも苦しいのは自業自得でしかない。

一年前、私自身が選択をわざと間違えたせい。

——愛、浮気してるかも。

――タイチくんタイチくんって、そいつの話ばっかりだし。

チカとタイチ。将輝の口から初めてその名前が出たとき、まさかと思った。

話を聞きながら全部が繋がった瞬間、言うべき台詞ははっきりと頭に浮かんでいた。


――大丈夫。彼女、浮気なんかしてないですよ。


単なる慰めじゃない。紛れもない事実だった。

だって私は知っていたのだから。

駅前のイタリアン居酒屋でバイトしている、私と同じ大学の〝タイチ〟を。

「なんか……よくわかんねえけど。とりあえず飲めよ。酒飲んどけば元気になる」

「うん、そうする。――ありがと、太一《たいち》」

今目の前にいる、私の幼馴染だ。

浮気相手なんかじゃない。私たちとは違って、ふたりは健全な、ただのバイト先の先輩と後輩。お互いの恋人が浮気を疑うくらいだから、仲が良すぎたのかもしれないけど。

あのとき誤解だと言ってあげられなかった。わざと言わなかった。

思ってしまったからだ。

私が今黙ってさえいれば、いつか将輝の彼女になれるかもしれない、と。

そうなることを強く願っていた。一か月前に太一から〝チカさん〟の妊娠を聞かされるまで、ずっと。

だって私は、いつだって将輝の彼女になりたかった。


これくらいの秘密、別にいいよね。嘘つきはお互い様だし。

「さよなら、将輝」

つけることはないだろうブレスレットを握り締めて、最後まで言えなかった台詞をそっと呟いた。

あの日言えなかった言葉は
いつかの君に届くだろうか
紀本明

自信がなくて、気持ちを確かめられなかった。
傷つくことを恐れて、掴んでいた手を離した。
あの日、君に言えなかった言葉が胸につっかえて、
私を離さない――

三月。

暦の上では春だというのに、まだ寒さの残る冷たい風が時折体を滑るように吹き抜けていた。

校庭では、制服の左胸にコサージュをつけた卒業生が、写真を撮ったり涙したりと高校生活最後の別れを惜しんでいる。

私は、それを教室のバルコニーからぼんやりと眺めていた。


私の左胸に、コサージュはない。

式が終わったあと、在校生は担任が戻るまで教室で待機を言い渡されていた。

「先輩たち、卒業しちゃうんだねー」

隣にいた他クラスの女子がしんみりと言う。みんなやることがなくて、涙する卒業生を一目見に来たのだろう、いつの間にかバルコニーは二年生であふれていた。

「だねー、今度はあたしらが三年生になるんだよ、早くない？」

「やばみー」

「うっわ、あの人だかりすごこ」

「あれは立花《たちばな》先輩でしょ。見なくてもわかるわ」

「えぐいね。……って、葛城《かつらぎ》さんいるじゃん。立花先輩と写真撮らなくて良かったの？」

隣でしゃべっていたグループのひとりが私に気付いて話しかけてきた。一年のときに同クラだった子だ。たしか名前は浅川《あさかわ》さん。

「あーうん、まぁ」

「えー、先輩のコサージュ付けてもらって校庭で写真撮れば良かったのにぃ。思い出になるじゃん」

「ちょっと真美《まみ》、大きなお世話。葛城さんは別にこれからだって会えるからいいんだよ」

どっちも大きなお世話だよ。

人のことは放っておいてほしい。

「別れたんだ、私たち」

相手にするのも面倒くさくなった私は、それだけ言ってその場を離れた。

「えっ！」

「うっそ、知らなかった」

「なんで？　てか、いつ？」

「えっ、じゃぁ立花先輩今フリーなの？」

周りで聞いていた女子たちの騒ぐ声から逃げるように、教室へと戻る。

本当は、まだ見ていたかった。

伊織《いおり》先輩の姿を。

最後に、この目に焼き付けておきたかった。

友達と楽しそうに笑ってる、幸せそうな彼の姿を。

『もう、一緒にいられない』

そう別れを告げたときの、伊織先輩の顔がまぶたに焼き付いて、私を離してくれない。

◆

「俺たち付き合うことにしたから」

高一の秋。

私がバイトするコンビニのレジ前に現れた彼氏の知樹《ともき》が突然そう言った。

隣に他クラスの女子を連れて。

その彼女は、知樹と手を繋いだまま「葛城さん、ごめんね」と、言葉とは似ても似付かない顔で私に謝ったのだった。

「え……」

どうして？

だって、付き合ってるのは、私たちだよね？

浮かんできた疑問を口にするよりも先に知樹が口を開く。

「お前さ、顔は可愛いから付き合い始めたけど、はっきり言ってなに考えてんのかわかんねぇや。今だってお前全然普通じゃん」

普通って、なに？

全然普通じゃないよ。

そう言い返そうとして、やめた。

なんだか、馬鹿馬鹿しくなってしまった。

でも、他になんて返せば良いのか言葉が見つからなくて、顔を逸らしたとき、

「ちょうどよかった」

と、後ろから声がして、振り向く。

同じバイトで同じ高校の立花伊織先輩が、揚げたてのお惣菜をレジ横のケースにしまいながらこちらを見て言った。

「俺、葛城と付き合いたいと思ってたところだったから」

「へ？」

素《す》っ頓狂《とんきょう》な声が出てしまった私に向かって、立花先輩はその綺麗な顔で笑う。

「えーっと、なにくんか知らないけど、葛城と別れたなら俺がもらうわ、構わないよな？」

そう先輩に言われて、知樹も隣の女子も開いた口がふさがらないようだった。

ストレートパンチを繰り出したところに、斜め上からカウンターパンチを顔面にくらったようなもの。

突然なにを言い出すのか、この人は。

「じゃ、そう言うことで、仕事の邪魔だから帰ってくれる？　――元カレさん」

知樹の無言を肯定と取ったのか、先輩は笑顔のまま出口を指さす。

「……やっぱりお前、俺のことなんか好きじゃなかったんだな」

知樹は、最後にそれだけ言うと、手を繋いだ彼女と一緒に背を向けてコンビニから出ていった。

捨て台詞のように吐かれた知樹の言葉が、私の心に重くのしかかる。

彼のことは、私なりに大切に思っていたのに……。

伝わっていなかったのかと思うと悲しかった。

けど、それと同時に「やっぱり」という想いが胸を締め付けて私を苦しめる。

「お騒がせして、すみません……、それと、助けてくれてありがとうございました」

「ねぇ、ホントに付き合わない？　俺たち」

「……えっ？」

いやいやいや、天下の立花伊織となんて畏《おそ》れ多くて付き合えるわけないじゃん！

さっきからなにを言ってるの、この人。

振られた女を捕まえるほど困ってないでしょうに。

このバイトの面接のときに、オーナーに『彼氏はいるの？』と聞かれたことが記憶に新しい。

なんでそんなことを答えなきゃいけないのか、と少し不快に思い黙り込む私にオーナーは、『あ、ごめん、いや実はさ、立花くん目当てで来る子が多くて困ってるんだよね。別に葛城さんのことを疑ってるわけじゃないんだけど……、これまで何人もめて辞めてってさ……』と心底困っている様子だった。

それくらい、立花先輩はモテるのだから、わざわざ私なんかを彼女にする理由がわからない。

訝《いぶか》しんで黙り込む私に、立花先輩はちょっと困ったような表情を見せる。

「いや、俺も実はこの間振られたばっかでさぁ、寂しいんだよね」

「立花先輩が振られるとか、想像できないんですけど」

甘いルックスを持つ彼は、その人当たりの良さも相まって学校のアイドルと化していた。

うちの学校の生徒で、立花伊織を知らない人なんていないんじゃないだろうか。

彼が歩けば女子の悲鳴が飛び交うのだ。

そんな先輩を振る人がいるなら、ぜひともお目にかかりたいものだ。

「まぁ、色々あるんだよ。で、どう葛城、俺こう見えて彼女には尽くすタイプだよ」

レジのカウンターに片手をついて、私の顔を覗き込む甘いフェイス。見つめられて胸がドクンと鳴る。

「で、でも……」

「でも、なに？」

「私……、好きっていう気持ちが……よく……」

「わからない？」

「……はい」

さっき知樹に言われて、私はなにも言い返せなかった。

中学のときも付き合った相手から同じようなことを言われて振られてしまったことがある。

もともと喜怒哀楽があまり表に出る方ではなく、親からももう少し愛想良くしたら、と言われている。

そのせいもあってか、相手に私の気持ちが伝わらないかもしれない。

でも……、と私は自問する。

私は知樹をちゃんと好きだった？

たしかに、大切に思ってはいた。でも、それが好きという気持ち？

そもそも誰かを好きになるって、どういうことなんだろう。

どうしたら、好きになるんだろう。

漠然とした疑問が頭に浮かぶだけで、結局私はまた同じことを繰り返してしまった。

振られたばかりで頭の整理が追いつかないでいる私を、まじまじと見る先輩は相変わらずかっこいい。

一緒に働いたこの数か月、先輩にときめいたことは星の数ほど。

けれども、立花先輩の笑顔が見られるだけで、目の保養だしお腹いっぱい。学校で疲れたあとの自分へのご褒美みたいなものだった。

そう、それはきっと、よく聞く「推し」への気持ちと似ているかもしれない。

だって、思わず両手を合わせて拝んでしまいそうになるくらい尊い。

だから、そんな尊い存在の立花先輩から付き合おうなんて言われて、混乱しないはずがない。

先輩は、そんな私を知ってか知らでか、ふっと笑ってカウンターに腰をもたれさせた。

幸いにも、お客さんはひとりもいなくて、店内にはおなじみのテーマソングが流れているだけだ。

「奇遇だね、実は俺もなんだ」

「え」

驚く私に彼は言った。

「俺も、ちゃんと誰かを好きになったこと、ないんだよ」

◆

あのとき、伊織先輩は笑っていた。

でも、その笑顔の奥に不安気に揺れるなにかを見た気がした私は、「付き合ってみようよ」と言う彼の提案を受け入れたのだった。

それからというもの、登下校も極力一緒、お昼も一緒、すれ違えば立ち話、バイト先も同じと、学校でも外でも関係を隠さなかった。

学校での私たちはもはや公認カップルとなり、私は「あの立花伊織の彼女」という肩書を得ることになる。

正直、なんとなく付き合い始めた私たちだったけれど、伊織先輩との付き合いは、私の想像を超えてとても楽しくて心地よいものとなり、順調に時を重ねていき、気付けば学年が変わっていた。


あまりに順調過ぎて、私たちはお互いにお互いの気持ちを確かめることなく、「好き」という言葉なしでここまで来てしまった。

そして、私はいつからか、そのことに耐えられなくなってしまったのだ。

少しずつ少しずつ、時間をかけて積もった雪のように、私の伊織先輩への想いはどんどん募り、気付けばそこに埋もれるように身をゆだねていた。

今さら、先輩の気持ちを確かめる勇気なんて私にはなくて……。

三年生となり受験シーズンへと突入した先輩との間にできた溝は、少しずつ少しずつ、けれど確実に広がっていった。

受験勉強に専念してほしいと言ったのは私なのに、既読がついてもなかなか返ってこないメッセージに不安になる。

そして、自分で決めたことすら貫けない自分も許せなくて苦しかった。

それと同時に、大学生活へと想いを馳せる伊織先輩の未来にとって、私の存在はきっと邪魔になると思うようになっていた。


あのとき、私と同じで誰かを好きになったことがないと言った彼。


――今は……？

……今でも、それは変わらない？


先輩の答えが怖くて、聞けない。

もし、これまでの先輩との日々を否定されたら、私はきっと立ち直れない。

だから、いつの間にか慣れてしまったふたりの関係を変えることも、未来に目を輝かせる先輩と向き合うことも、私にはできなかった。


通知を知らせるバイブレーション。

制服のポケットから取り出したスマホの待ち受け画面には、伊織先輩の名前とメッセージ。

『桜はまだまだ咲きそうにないな』

アプリを開けば、そんな当たり障りのない言葉と一緒に校庭の桜の木の写真が送られてきた。ほんのりと赤みを帯びた蕾は、身を縮こまらせて寒さを耐えているかのようで少し寂しげに見える。

別れを告げてからも、先輩とはメッセージのやり取りが続いていた。どうしても、無視もブロックもできずに断ち切れない関係。

少しでも繋がっていたいと心の奥底で願う自分がそうさせていた。

『ご卒業おめでとうございます』

短く返せばすぐに既読になり、私が画面を閉じる前に返信が来た。

『ありがとう。あんまり実感わかないけどな』

別れてから早くなった返信に、付き合い始めた頃の先輩を思い出して胸が痛い。

先輩の言葉から逃げるようにアプリを閉じて、幸せしか知らなかったあの日の私たちを断ち切るようにスマホをポケットにしまった。

先輩とのあの日を、全部ポケットにしまってしまおう。

そして、幸せだった日々は夢の中でもう一度。

もう、先輩とは、会えない。
もう、傷つきたくない。
もう、涙を流したくない。

だから、
『もう、一緒にいられない』
と、別れの言葉を告げた。

先輩のこと、嫌いになんてなってない。
それどころか、好きという気持ちは膨らむ一方なんだよ。
先輩への想いだけじゃ、我慢できなくなった私が悪いの。
臆病な私を許して、伊織先輩。
ごめんね、わがままで。
私に「好き」という気持ちを教えてくれて、ありがとう。
ばいばい、私の好きな人。

葛城だけだった。

俺のこと見てきゃーきゃー言わないのは。

好きでこんな顔で生まれてきたわけじゃないのに、行く先々でジロジロと見られるのがたまらなく不快だった。

高一の終わりから始めたバイト先に俺よりあとに入ってきたのが、同じ高校で一学年下の葛城紗江《さえ》。始めは、めんどくさいことにならなきゃいいけど、なんて警戒したけど俺の単なる自意識過剰で終わる。

彼氏がいるとはオーナーから聞いていたけど、本当に俺に興味がないようで真面目に仕事を淡々とこなすその姿には感心すら覚えたほど。

一緒に仕事をして、話していくうちに葛城は感情表現があまり得意じゃないことに気付いた。

客にも最低限の愛想をやっとこさという感じだった葛城だけど、数か月経つ頃には、俺は葛城の感情の起伏を捉えることができるようになっていて、それを観察するのがバイト中の密かな楽しみと化していた。

「葛城、はじっこぐらし好きだろ？」

客のピークが過ぎて一段落していた頃、俺は葛城に話しかける。というか、葛城から俺に話しかけてくることは、質問や業務連絡以外まずない。

だから、客がいなくてふたりとも手持無沙汰のときなんかは、俺が話さなければ沈黙がずっと続く。そんな沈黙も、葛城となら苦じゃないから不思議だ。

俺に急に話を振られて「え」とこちらを振り返る葛城。その表情は普段とほとんど変わらないけど、『なんで知ってんの』といった顔。

「だって、はじっこぐらしの商品並べてるときの葛城、幸せそう」

「嘘……、私そんなに顔に出てましたか」

顔をさする葛城にたまらず噴き出す。

「いや、多分俺にしかわからないんじゃない」

「……それどういう意味ですか」

「そのまんまの意味」

余計わからないって顔で、今度は黙り込んだ葛城に「はい、これあげる」と、制服のポケットに潜ませておいた食玩の小箱を差し出した。

「これ……」

「はじっこぐらしの前のシリーズの売れ残り。割引シール貼るときに見つけて買っておいたんだ」

「あ、お金、払います」

「いらないって。俺が勝手に買ったやつだし。もらってよ」

「あ、ありがとうございます」

やっと受け取った葛城は、ほんの少し嬉しそうに微笑んだ。その横顔に思わず伸ばしかけた手を、俺は慌てて引っ込める。

いつからか、葛城に触れたいと思っている自分の存在に気付いた。

こんな外見だから、極力女子に自分から近付いたり触ったりすることは避けていたし、別に触れたいと思ったこともなかった俺だけど、葛城だけはふとしたときに触れたいと思うようになっていた。


そんなときだった。

「俺たち付き合うことにしたから」

バイト中に突然現れた葛城の彼氏と思われる男子高校生。その隣には腕を絡めて醜く笑う女子。

どうやら、他に彼女を作ったから別れようと言うことらしい。

そいつは、突然のことにショックを受ける葛城にたたみかけるように言った。

「お前さ、顔は可愛いから付き合い始めたけど、はっきり言ってなに考えてんのかわかんねぇや。今だって全然普通じゃん」

お前、バカじゃねぇの。

全然平気なんかじゃねぇよ、葛城は。心底傷ついた顔してるじゃんか。そんなこともわかんないのかよ。

そう罵ってやりたいのと、泣きそうな葛城を抱きしめたいのをぐっと堪えながら、俺はそいつを追い払って、気付けば葛城に交際を申し込んでいた。

振られたというのも嘘。

寂しい振りをして、君につけ込むため。

誰かを好きになったことがないっていうのも、嘘。

自分だけが、と君に負い目を感じさせないため。

俺は、たしかにこのとき気付いていたんだ。

葛城へのこの想いが「好き」というものだ、と。

付き合い始めの頃こそ、先輩後輩でバイト仲間という感じが抜けきらなくてよそよそしかったけど、少しずつ彼氏彼女という関係に慣れてきた。呼び方も立花先輩から伊織先輩になり、俺も紗江と名前で呼ぶようになり、俺たちはできる限りの時間をふたりで過ごしていた。

だけど、学年が変わって受験モードに突入してから、俺たちの関係に変化が訪れる。

バイトも辞めて塾に通いだしたことで、紗江との時間がほぼ学校だけとなってしまったのだ。

休みの日で塾のない日に会おうと言っても、紗江は『受験勉強を優先してほしい』とバイトを頻繁に入れていたためなかなか会えないし、合間を縫ってバイト先に顔を出しても邪魔だと追い払われてしまう。

紗江が気を使うのは性格上仕方のないことだとわかっていた俺は、途中からはもう腹を括って受験を優先させた。

さらに秋を過ぎた頃から三年生は登校日も減り、ふたりの時間はますます減っていったけれど、今はきっと我慢の時なんだと言い聞かせて受験に集中した。

一発で合格して、さっさと受験を終わらせよう、と。そうするのが紗江との時間を増やす最短の道だと。

――なのに、

「もう、一緒にいられない」

第一志望の大学の合格発表の日、紗江は俺にそう言ったのだった。まるで俺が合格するのを待っていたかのように。

コンビニのバイト終わりを狙って会いに行き、紗江を家に送ろうと手を繋いで歩いていたときだ。

さっき、俺の顔を見て「合格おめでとう」と言って喜んでくれたのに……。

信じられない言葉に、俺は立ち止まり、紗江を見た。驚いた俺と目が合った次の瞬間、逸らされる視線。

俯いた紗江を覗き込もうとすれば、一歩下がって距離を取られる。すべてを拒む紗江の態度に愕然とした。

ただでさえ暗い夜道、紗江の顔が全然見えなくて不安が煽られる。

「は？　なに……それ、どういう意味」

「……ごめんなさい……」

謝られたって、わけわかんないんだよ。

「俺と別れる、ってこと……？」

口にすら出したくない言葉に、紗江はこくりと頷いた。

「嘘だろ……」

まさか、別れを告げられるなんて、想像もしていなかった俺は、目の前が真っ白になる。軽い立ち眩みに視界がぐわんとゆがむ。

「え……な、なんで？　俺、なにかした……？　もしかして、他に好きな奴でもできた？」

それは、受験中ずっと不安に思っていたことでもあった。紗江との時間を取れなくて、寂しい思いをさせていたのは事実だから。

「違う……伊織先輩はなにもしてないし、そんな人もいない」

「じゃぁ、なんで……っ」

「ごめんなさい……」

「ごめんなさいじゃわかんないって！」

俺の声にびくっと肩を震わせる紗江を見てはっとした俺は、慌てて「ごめん」と謝った。


違う、紗江を責めてるんじゃない。

こうなってしまったことに、苛立ちを覚えていた。

なんで、こうなるまで気付けなかったんだ俺は。受験だからと、紗江も理解してくれていると高を括っていた自分を責めた。

「……終わりに……しよ……。……もう、無理なの。……耐えられないの……」

決定打を放たれた気分だった。

「無理って、耐えられないって、なに。……俺のこと嫌いになった？」

「違う……そうじゃない」

「じゃぁなんで……」

首を横に振り、もう無理だと拒絶する紗江の姿を目の当たりにして、それ以上言葉が出なかった。

言いたいことはいっぱいあるのに、聞く勇気がなく沈黙がふたりを包み込む。

先に沈黙を破ったのは、紗江だった。

紗江は、「もう、ここで大丈夫だから」と繋いでいた手を解くと、踵を返して俺に背を向ける。

「紗江！」

黒い制服姿の紗江が、闇に溶けるように遠ざかる。呼び止める俺の声は、夜の空にむなしく吸い込まれていった。

◆◆◆

「……終わりに……しよ……。……もう、無理なの。……耐えられないの……」

私の口から放たれた終わりを告げる言葉に、伊織先輩はそれ以上なにも言わなかった。

繋がれたままだった手をもう片方の手で解けば、先輩の手は力なく元の場所に戻った。

それが、先輩の答えだと理解した途端、胸が締め付けられ、激しい痛みに襲われる。

これで、良かったんだ。

そう、もともとなんとなくで付き合い始めた私たちだから。

優しい伊織先輩は、目の前でこっぴどく振られた私をただ放っておけなかっただけ。

先輩も、たまたま彼女に振られたばかりで寂しかっただけ。

そこに、「好き」という気持ちなんかなかった。

バイトも辞めて高校も卒業するこのタイミングなら、お互い気まずくならないでしょ。

もう、充分、幸せをもらったから。

先輩の未来に、私なんか必要ないから。

私なんかより、もっと先輩にふさわしい相手がいるから。

次に誰かと付き合うときは、私みたいに我慢ばっかりため込んでひとり思い詰めちゃうような人にしないで。

先輩とちゃんと向き合える人にして。

そんな願いを胸に込めて、踵を返す。

「紗江！」

暗闇を切り裂くような伊織先輩の声を背中に受けながら、私は涙でぐちゃぐちゃの顔を拭うこともせずにその場から逃げた。

◆

三年生になりバイトも辞めて塾に通い始めた私は、伊織先輩が歩んだ道をなぞるようにして受験生としての時を過ごしていた。

気がつけば夏休みが終わり、季節は秋へ色を変えていた。

伊織先輩は、ひとり暮らしを始めて新しいバイト先も見つけ、登山サークルに入ったらしい。

あれからも途切れることのないメッセージ。

時折送られてくる山頂からの絶景の写真に写る先輩の顔からは、大学生活の充実ぶりが窺えた。

私の勉強机には、伊織先輩からもらったはじっこぐらしのマスコットたちが見守るように鎮座している。

最初にくれたのは、まだ付き合っていないとき。あのとき、突然はじっこぐらしが好きなことを言い当てられて心底驚いたのを、今でもよく覚えている。

『いや、多分俺にしかわからないんじゃない』

あのときには理解できなかった伊織先輩の言葉も、先輩との時を重ねるうちにわかった。感情を表現するのが苦手な私の微妙な変化も見逃さないでいてくれたんだ、伊織先輩は。

他人の感情をすべて理解して推し量るのは難しいけれど、先輩は私をちゃんと見ていてくれた。

なのに、私は先輩の手を離してしまった。

最後まで言えなかった「好き」という言葉が、私の胸の奥につっかえて今も居座ったまま。

私の心は、どこにも行けない鳥かごの中。

わかってる、確かめる勇気がなくて自ら鳥かごに閉じこもっているのは、私。

言えなかった後悔が、私をここに縛り付けていることも。

わかってる。

わかってる……、だけど——


——ブー、ブー……


スマホが震えてメッセージの受信を知らせる。

差出人は、伊織先輩だ。

待ち受けに表示されたメッセージに、心臓がドクンと跳ねた。

『受験勉強おつかれ。今、バイトしてたコンビニにいるんだけど、少し会えないかな。気分転換にでも』

別れてから半年以上経ったけど、ずっとメッセージだけのやり取りのみで会ったことは一度もない私たち。

今さら……、今さら会ってなにを話せばいいの？

先輩は、どういうつもりで会おうとしているの？

疑問や不安が、次から次へと浮かんできたけれど、胸の奥深くつっかえたままの思いが私を突き動かす。

メッセージも開かずに、私はスマホだけを手に取り駆けだした。


「こんな時間にどこ行くのー？」

「ちょっとコンビニ！　すぐ戻るから」


母の声にそれだけ返して私は家を飛び出し、通い慣れた道を行く。ひんやりとした夜風が、頬を撫でていく。

この道を、何度先輩と手を繋いで歩いただろうか。先輩が隣にいるだけであっという間に着いていたのに、今ではとても遠く感じる。

この道を通るたびに思い出すのは、先輩と過ごした時間。

先輩と別れてから半年以上経つ今でも、頭に浮かぶのはいつも先輩のことばかり。

他愛のない話題で弾む会話と、繋いだ先輩の手のぬくもり。時を重ねるにつれて増えていった、はじっこぐらしのマスコット。言わなくても、表情に出せなくても気付いてくれた、先輩の優しさ。

そのどれもが、まるでくすみを知らない宝石のように今でも眩しい輝きを放ち、私の中でその存在の大きさを知らしめていた。


私はなんて馬鹿だったんだろう。

「好き」という言葉なんかなくても、私はたくさんの「好き」を先輩からもらっていたのに……。

そんなことにも気付かなかったなんて。


悪いのは、臆病な私。

自分に自信がなくて、気持ちを確かめられなかった。

傷つくことを恐れて、掴んでいた手を自分から離してしまった。


会いたい。

先輩に、会いたい。


いつの間にか涙で滲む視界の向こうに、コンビニのネオンの明かりが見えた。

不安で押しつぶされそうになる心を、なんとか奮い立たせて私は走る。
もう、あの日の後悔に縛られるのは嫌だから。
先輩との日々を、無かったことになんてできるはずもないのだから。

先輩に、「好き」を伝えたい。

私の先輩への想いと、怖くて聞けなかった先輩の気持ち。
言えなかった言葉も、聞けなかった問いも、全部。

ちゃんと、確かめなくては。
自分の気持ちに区切りをつけるためにも、自分の言葉で聞かなくてはいけない。
じゃないと、私はいつまで経っても鳥かごの中から抜け出せないままだから。

たとえ、拒絶されても、うまく伝わらなかったとしても構わない。

――先輩が好き。

あの日、言えなかった言葉を、届けよう。

大好きな君に――

結婚前夜のラブレター
月ヶ瀬杏

一緒に秘密を消してほしい――

それは、ずっと俺と彼女の心の中にだけある隠しごと。

［二十六歳・結婚前夜］

結婚式前日の夜。俺の部屋に入ってきた姉の祥《さち》が、唐突に三冊のノートとライターを突きつけてきた。

「秘密を消すのを手伝ってくれないかな？」

「なんだよ、急に。結婚前に、浮気の証拠でも隠滅すんの？」

冗談で笑ったのに、祥の顔は真剣だった。

「実はあたし、ずっと優也《ゆうや》に隠してたことがある。だから、一緒にその秘密を消してほしい」

深刻そうに話を続ける祥を見つめて、俺は困り顔で頭をかいた。

だって、ちょっと前までいつも通りだったじゃん。

「家族みんながそろう最後の夕食だから……」って、母さんが用意した特上牛のすき焼きを、子どものときみたいに肉の取り合いをしながら食ったたし。

半年ぶりに会っても変わらない祥に「旦那の前ではもうちょっと遠慮深くなれよ」って言ったら、「こんな姿、優也にしか見せないし」って大口を開けて笑っていたくせに。

それが、今はまるで明日にでも死ぬんじゃないかって目をしている。

明日は待ちに待った結婚式だろ。それなのに、一体なに——？

祥が泣きそうに顔を歪めて、さらにノートを突き出してくる。

「お願い、優也にしか頼めない」

差し出されたそれに手を伸ばすと、祥が泣きそうに唇の端を引き上げた。

[祥・十歳]

《八月八日》

今日、お母さんがさいこんした。

あたしには、新しいお父さんとおとうとができた。あたしと同じ年だけど、おとうとなんだって。

おとうとの名前は優也っていう。あたしにぺこっておじぎしてくれたけど、そのあとは、あんまり話してくれない。クラスのうるさい男子たちとはちがって、クールって感じ。

だけど、あたしが学校のおもしろい話をしたら、ちょっと笑った。おとうとは、笑うとかわいい。

八月八日は、すえひろがりだってお母さんが言ってた。しあわせが引きよせられるらしい。

だからきっと、あたしの家族もしあわせになると思う。

[祥・中学二年生]
《十月十六日》
十四歳の誕生日を前にして、初めての彼氏ができた。

彼氏は隣のクラスの青木くん。一年のときに同じクラスだったけど、挨拶ぐらいしかしたことない。

でも、ずっとあたしのことが気になってたんだって。

他に好きなひともいないし、告白されたのが嬉しくて、すぐにオッケーした。

友達何人かにメールしたら、みんなすごくびっくりしてうらやましがってた。

優也にも言いたかったけど、帰ってきたら部屋で寝てたからまだ話せてない。優也はまだ彼女いないはずだから、あたしに先を越されたって知ったら絶対悔しがるだろうなー。優也がどんな反応するか楽しみ。

《十月十七日》
優也に彼氏ができたことを話した。
絶対に悔しがるだろうなって思ってたのに、優也はなにも言わずに怖い顔をしていた。
優也は学校ではクールなタイプだけど、家ではあたしによく笑ってくれる。
今まで睨まれたことなんて一度もない。それなのに、今日はめちゃくちゃ怖かった。
気まずくなって優也から逃げようとしたら、すごい力で腕をつかまれた。
優也の腕はあたしと変わんないくらい細いのに。めちゃくちゃ力が強くて、すごくびっくりした。

青木のこと、ほんとに好きなの？　って、優也に怖い顔で聞かれた。

よくわからないけど、ものすごくドキドキした。

青木くんに告白されたときよりもドキドキしたかも。

今も、優也につかまれたところが熱い。

《十二月十八日》

青木くんと別れた。

付き合うってなにをするのかよくわからない。一か月前から学校で全然しゃべらなくなって。メールしててもつまらなくなってきて。

別れる？　って何気なく聞いたら、いいよって言われた。別れたけど、全然悲しくない。

友達にはクリスマス前なのにもったいないって言われたけど、どうなんだろう。

優也は、いつもみたいに家でクリスマスケーキ食べたらいいじゃんって笑ってた。

あたしが別れたことを話したときも、ちょっと嬉しそうだった。

あたしの不幸を喜んでるのかな。だとしたら、最悪。

でも、優也と家でケーキを食べるいつものクリスマスが、一番想像できる気がする。

[祥・中学三年生]

《七月十五日》

もうすぐ、中学最後の夏休み。

他のクラスの友達から、優也が一週間前に山口さんから告られたらしいって噂を聞いた。

山口さんは、あたしと優也と同じ塾に通っている、頭が良くて可愛い子。そういえば中三になってからよく自習室で優也の隣の席に座ってるなーって思ってたけど、優也を好きだとは知らなかった。

優也にもついに初カノができたのかも。

夜ごはんのときに優也を観察してたけど、今までと変わったところは別にない。ジロジロ見てたら、ウザがられた。

最近、優也はあたしによくウザいって言う。ウザいのなんて、お互いさまなのに。

ほんと、ムカつく。

《八月七日》

夏期講習からの帰り道。今日に限って自転車で塾に来ていた優也が、寄り道しようって言ってきた。

自転車で優也が連れていってくれたのは、学校の近くの高台にある公園。

今日は隣町の花火大会だったみたいで、優也は部活の友達から高いところに行けばうちの町からも見られるかもって情報を仕入れてきたらしい。

隣町の花火が見られるなんてあんまり信じられなかったけど、優也が絶対行くって言うし。仕方ないからついていった。

優也と交代で必死に自転車を漕いで、坂道を登って。高台の公園まで着いたら、ドンドンッて花火の音が聞こえてきた。

テンションが上がって、優也と一緒に見晴らし台まで走ったら、すごーく遠くに豆粒みたいな花火が見えた。

せっかく頑張って行ったのに、期待はずれでガッカリ。

でも、ひさしぶりに優也といっぱいしゃべって笑ったかも。なんか楽しかった。

最近の優也は反抗期なのか、あたしにはちょっと冷たいから。嫌われてないみたいで良かった！

《十二月二十五日》
受験生は、イヴもクリスマスも普通に塾。
冬期講習帰りに優也と一緒に家に帰りながら、彼女と予定ないの？　って聞いたら、そんなんいねーけどって鼻で笑われた。

山口さんは相変わらず自習室で優也の隣に座ってるけど、優也いわく、「ふつーに友達」らしい。ちょっとほっとした。

あたしは青木くんと別れてから好きなひととかいないのに、弟の優也に彼女がいるなんてずるいもん。

《三月十二日》

中学の卒業式。

なんか、もう中学校に通うことがないなんて変な感じ。

クラスの女子の半分くらいは大泣きしてたけど、あたしはあんまり悲しくなかった。

クラスメートと会えなくなっちゃうのは淋しいけど、親友のりっちゃんはあたしと同じ高校に受かったし、優也も同じ高校に行く予定。

優也は本当はもうちょっとレベルの高い高校だって行けたはずなのに、祥と一緒のほうがなにかと便利だ、とか言って、結局あたしと同じ高校を受けていた。

よくわかんない理由だって思ったけど、あたしも優也と同じ高校に行けるのはちょっと嬉しい。あたしって、思ってたよりブラコンだったのかも。

［祥・高校一年生］

《四月六日》

ついに今日は高校の入学式。

新しい学校、クラスにドキドキした。制服も、セーラー服からブレザーに変わって

なんか新鮮。

優也も、ブレザーを着ると中学生のときとちょっと雰囲気が違う。ブレザー姿の優

也を見たりっちゃんが、優也くん、高校でモテそうって言っていた。

それはないでしょ。無愛想でモテるタイプじゃないし。優也が女の子とデートして

るとこなんて想像できない……。ていうか、したくない。

りっちゃんとはクラスが離れちゃったけど、部活は同じところに入る約束をした。

優也は中学に引き続き、サッカー部に入るらしい。

《八月八日》

今日はお父さんとお母さんの結婚記念日だったから、ふたりのために夜ごはんを

作った。

サッカー部の優也は、夏休みもほぼ毎日練習で忙しそう。

でも今日は、お父さんとお母さんのために早めに帰ってきて料理を手伝ってくれた。

と言っても、あたしも優也もたいしたものは作れないから、ただのカレーなんだけど。お父さんとお母さんは喜んでくれた。

キッチンでひさしぶりに優也と並んでびっくりしたのは、優也の背がいつのまにかすごい伸びてたってこと。

ちょっと前まであたしとそんなに変わらなかったはずなのに……！　男の子って、急にこんなデカくなるんだ……。

包丁や野菜を持つ手も大きくて、昔の優也じゃないみたい。

《二月十四日》

今日はうちに大量のチョコレートがある。バレンタインデーで、優也がたくさん持って帰ってきたからだ。

クラスメートや部活の子が大量生産して配った感じのものが多かったけど、何個か本命っぽいのもあった。

置きっぱなしにしてあるから、お母さんがこっそり食後につまんでた。せめて、本命っぽいやつくらい、ちゃんと食べてあげたらいいのに。

あたしもいちおうあげたけど、あんなにもらってくるならあげなきゃ良かったって思う。

でも、あたしがチョコをあげたらちょっと嬉しそうにしてたとこは可愛かったかな。

あたしのは、ちゃんと食べてくれたみたいだし。

優也は高校生になってから急にモテるようになった。中学の頃よりずっと背が伸びたし、黙ってたらクールでかっこよく見えるし。勉強も運動も結構できる。

学校のみんなは、あたしたちが姉弟って知っているから、たまに知らない女子にまで優也との仲を取り持ってとか頼まれてめんどくさい。

優也がモテてると、なんか笑えるしムカつく。

家ではお菓子を食べながらゲームして、だらだらしてるし、脱いだ靴下もそこらへんにほったらかしなのに。

みんな、優也の本性を知らないんだ……！

本命チョコの誰かの告白、優也はオッケーしたのかな……。

【祥・高校二年生】
《七月八日》
期末テストが終わった。
帰りに、同じクラスの加藤くんにライン教えてって声をかけられて、夜ごはんのあとにテレビを見てたら、花火大会に行こうってラインで誘われた。

びっくりしてちょっと挙動不審になってたら、横にいた優也にラインを見られた。覗き見するなんて、最低。

彼氏できたの？　って聞いてくるから、ふつーに花火に誘われただけって言ったら、優也の顔が怒ってた。あたしが誰と花火大会に行こうと優也には関係ないのに。

ムカつくから、優也の目の前で花火大会行くよって加藤くんに返事した。そうしたら、ひさしぶりに怖い目で睨まれた。

どうしてあたしが睨まれなきゃいけないのかわからない。

だって、あたしは知ってる。優也も、クラスの女の子たちとグループで花火大会に行く約束してるって。

優也はお風呂から出てきても、なんだか機嫌が悪かった。意味わかんない。

《八月八日》
加藤くんと花火大会に行った。花火はすごく綺麗だった。でもそれより、もっとずっと大変で困ったことが起きた。
花火大会の帰り道に優也に会って、なんか色々あって、ケンカになって。ケンカしてるはずなのに、優也が急にあたしを好きだと言ってきた。家族の好きじゃなくて、恋愛感情なんだって。

最初はふざけてるんだと思ったけど、優也が抱きしめてきたからドキドキした。死ぬかと思った。

優也が本気なのか冗談なのか全然わからない。

あたしたち家族じゃんって笑ったら、優也は泣きそうな顔してた。

今日は結婚記念日だから、外にふたりでごはんを食べに行ったお父さんとお母さんはにこにこしてた。でも、あたしは全然笑えない。優也も笑っていなかった。

八月八日は末広がりの日で、幸せを引き寄せるのに。あたしはどうしたらいいかわからない。

優也に家族だって言ったのは、違ってたのかな。

今日は優也とも家族になれた日なのに。河原で見た花火はすごく綺麗だったのに。

優也が泣きそうだから、あたしも泣きそうだ。

《九月二十七日》
最近、気付いたことがある。
学校にいるときのあたしは、気付くと優也のことばっかり探してる。今は席が窓側だから、体育の授業をしてる優也がよく見える。優也のことを見てると、嬉しくてほわほわする。

花火大会の日に好きだって言われたけど、あれから優也は家でも学校でもいつも通りだ。

学校ではクラスが違うし遠くから見ているだけだけど、家にいるときに優也が近くに来るとドキドキする。

前はそんなことなかったのに。この頃おかしい。

そういえば夏休み中に告白を断ってから、加藤くんはあたしにラインをしてこなくなった。今日は別の子と話してたから、あたしのことはもうどうでもいいのかも。

《十月六日》

もうすぐ修学旅行だから、学年内で付き合いだす子が増えてきた。

ずーっと先輩のことが好きだって言ってたりっちゃんも、最近、隣のクラスの子と付き合いだした。

今日、優也のクラスの前を通ったら、可愛い女子とふたりで楽しそうに話してた。

優也も、修学旅行前で彼女が欲しいのかもしれない。

あたしに好きって言ったのは嘘だったのかな。そう思ったらムカついた。

どうしても我慢できなくて、名前は出さずに優也に感じてる気持ちをりっちゃんに話した。

気付いたら目で追っかけちゃうこと。そばにいるだけでドキドキしちゃうこと。他の子と仲良くしてるのを見てイラついたこと。

あたしの話を聞いたりっちゃんは、祥はそのひとのことが好きなんだねって言った。

たぶんりっちゃんは、あたしが加藤くんのことを話してると思ってたはず。でも、本当は優也のことだ。

あたし、優也が好きなのかな。

優也は、あたしの弟なのに……？

《十月二十二日》

修学旅行が終わった。京都はすごく楽しかったけど、クラスが違う優也にはほとんど会えなかった。

一回だけ清水寺ですれ違ったとき、優也はこの前一緒にいた子と楽しそうに歩いてた。

りっちゃんは自由時間はずっと彼氏と回ってたから、あたしは別の子たちと回った。友達と回るのは楽しかったけど、できれば一枚くらい優也と写真が撮りたかった。

優也は、一緒にいた子と一緒に写真を撮ったのかな。

夜に部屋でみんなの恋バナを聞いているとき、みんなの好きなひとへの気持ちは、あたしの優也への気持ちと似てるって思った。

あたしはたぶん優也のことが好きなんだ。家族でも弟でもなくて、恋愛感情で。

ずっと想ってた先輩への恋を諦めて、別の彼氏ができたりっちゃんが言ってた。

いちばん好きなひととは結ばれないものなんだ、って。

りっちゃんの言い方はおとなっぽくてかっこよかったけど。それって実はすごく悲しい。

〔祥・高校三年生〕
《十二月二十四日》
今年のクリスマス・イヴは、優也と一緒に家にいた。
受験生だからどこにも行かないって優也が言うから、あたしもクラスのクリスマスパーティーを断った。
どうしても優也にプレゼントをあげたくなって、手袋を買った。今使ってるのはぼろぼろだから、受験のときに寒くないように。
毎年なにもあげてないのに急にあげたら不自然だから、十一月末だった優也の誕生日プレゼントも兼ねてることにしてごまかした。優也の誕生日に、なにもあげられなかったから。

嬉しそうにしてたから、たぶん喜んでくれたんだと思う。

来年のクリスマスも、優也と一緒にいられたらいいな。家族のままでいいから。

《三月三十日》

今日は、優也の引越しの日だった。

家から通える大学に行くと思ってたのに、優也は東京の大学に行くことを決めていた。

お父さんもお母さんも知ってたのに、あたしだけが二月になるまでそのことを知らなかった。

これからもずっと同じ家に一緒に住めると思ってたのに。今もまだ気持ちの整理がつかない。

ぎりぎりまで東京行きを教えてくれなかった優也のこと、怒ってる。

怒ってるし、めちゃくちゃ淋しい。だけど、いなくなってせいせいするって顔で、笑って優也を見送った。

出発前の優也と最後にふたりで話したときに、少しだけ期待した。

優也がもう一回、好きって言ってくれないかなって。
もし、もう一回好きって言われたら、そのときは……。
そんなことを考えたけど、優也は何も言わなかったし、あたしもなにも言えなかった。
やっぱり、りっちゃんが言ってたみたいに、いちばん好きなひととは結ばれない。
運命って、そんなふうに決まっているのかもしれない。

[祥・十八歳]
《八月十三日》
二日前から優也が実家に帰ってきてる。
だけど、地元の友達との予定が詰まってるみたいで全然家にいない。
優也が帰ってくる間はバイトも友達との予定もほとんどいれなかったのに。つまらない。
優也が家を出ていけば、あたしの好きな気持ちは勝手に消えるかと思ってた。だけど、そろそろ半年が経つのに、優也への気持ちは消えてくれない。
ひさしぶりに会った優也は、髪の色がワントーン明るくなって、私服もかっこよくなってた。一緒に住んでいたときよりも、ドキドキしてしまった。

優也は今、彼女とかいるのかな。

《八月十八日》

今日は優也とデートした。

デートっていい響きだけど、毎日ひまだ、ひまだって言ってるあたしに、優也が呆れたんだと思う。

どっか連れてってやるっていうから、水族館をリクエストした。涼しいし、なんかデートっぽいかなって。

でも夏休みだから、子連れの家族でいっぱいだった。

水族館はすごく楽しかった。魚とクラゲが綺麗だった。ペンギンもイルカも可愛かった。

優也は陸地でごろごろしてるアザラシを見て、家でダラけてるあたしみたいだって笑った。アザラシだって可愛いし、あたしはそんなにごろごろしてない……！

お土産屋さんで、優也はアザラシのぬいぐるみを買っていた。

ひとり暮らしの部屋が殺風景だからって。あと、あたしに似てて笑えるからって。

あたしの代わりに、優也の部屋に置いてもらえるアザラシがうらやましい。

明後日、優也は東京に帰っちゃう。

淋しいけど、今日の思い出でしばらくは生きていける気がする。

［祥・二十歳］

《五月三日》

お父さんとお母さんと三人で東京に一泊旅行に行った。

優也は一日バイトの休みをとって、あたしたちの東京観光に付き合ってくれた。

優也と会うのはお正月ぶり。髪型とか服装の雰囲気が、またちょっと変わった気がする。

あたしたちの前に立って、電車の乗り換えや道を案内してくれる優也は慣れた様子でかっこよくて頼もしかったけど……。優也があたしなんかの手が届かないところへ行ってしまった気がして。ちょっと遠く感じた。

次に優也が実家に帰ってくるのはいつだろう。家族のままでいいって思ったのに、一年の間で会える回数はどんどん減っていく。

家族としての距離すら遠くなっていく気がして淋しい。すごく、淋しい……。

［祥・二十一歳］

《一月三日》

高校のときの友達と新年会をした。

なつかしい話で盛り上がってたら、優也のことが話題になった。

優也が、半年くらい前から高校の同級生の誰かと付き合ってるって噂らしい。その子も東京の大学に通っていて、ひとり暮らしをしているそうだ。大晦日に、地元の神社でふたりで初詣に来ていたのを目撃した同級生もいるらしい。

そういえば、優也は大晦日の夜に出かけていって朝まで戻ってこなかった。友達と会うって言ってたけど彼女だったんだ……。

優也は先に進んでる。あたしも、もう忘れなきゃ。

新しい恋を探さなきゃ。

でもどうやって。誰かを好きになるのって、どうすればいいんだっけ。

もう何年も優也ばっかりで。他の誰かを好きになる方法がわからない。

[祥・二十三歳]

《十二月二十九日》

半年以上ぶりに優也が実家に帰ってきた。就職してからずっと忙しかったらしい。社会人になってからはあたしも忙しくて、優也のことを考えることが前よりも減っている。

ひさしぶりに会った優也とも、家族みたいに普通にできた。

もう大丈夫かもって思ったのに、東京に戻る前日、優也があたしにブレスレットをくれた。ちょっとしたブランドの。

自分で稼げるようになったから、あたしの誕生日とクリスマスを兼ねたプレゼントだって。誕生日もクリスマスもとっくに過ぎてるのに。

彼女にあげなよって言ったら、今はいないんだって言ってた。それを聞いて、ほっとしている自分が嫌になる。

せっかく優也への気持ちを忘れかけていると思ったのに、こんなのずるい。でも、すごく嬉しい。

ブレスレットは、一生大切にしようと思う。

［祥・二十四歳］

《八月十一日》

優也が実家に彼女を連れてきた。

仕事関係で知り合ったらしく、小柄な可愛いひとだった。

優也が付き合っているひとを実家に連れてきたのは、彼女が初めてだ。

お父さんとお母さんはものすごい歓迎ムード。あたしもふたりに合わせたけど、正直かなり複雑だった。

両親に紹介するってことは、適当に付き合ってるわけじゃないんだろう。彼女との結婚も考えているのかもしれない。

優也が結婚報告をしてきたら、あたしは笑顔でおめでとうを言えるだろうか。

彼女には悪いと思うけど、あたしはまだ、去年の冬に優也にもらったブレスレットがはずせそうにない。

［祥・二十五歳］
《一月一日》
実家に帰ってきている優也に、初詣に誘われた。

地元の神社に行っておみくじを引いたら、びみょーな小吉だった。恋愛運のところに、「過去にとらわれず進めば吉」と書いてあった。

今まさにそんな状況だから、おみくじも案外バカにできない。

去年の終わりに、職場の先輩に結婚を前提に付き合ってほしいと言われて返事を保留している。

先輩は優しくていいひとだ。誘われて出かけた食事もデートも、楽しかった。でも……。

もうどうにかなる可能性はゼロなのに、誰かと恋愛しようとするといつも優也の顔がちらつく。

優也は夏に連れてきた彼女とまだ続いているらしい。

職場の先輩のことを話したら、優也はいいじゃんって笑った。その笑顔が少し泣きそうに見えたけど、たぶん寒かっただけだ。

もしかしたら引き留めてくれるかも、なんて。少しでも期待したあたしはバカだ。

あたしと優也は家族。優也は今までもこれからも大切な弟。

だからもう本当に今度こそ、心を決めようと思う。

［二十六歳・結婚前夜］

庭の地面にノートを重ねて置いた祥が、ライターに火を灯す。

「本気で燃やすの？」

「うん」

「こんなの、よく何年も書き溜めてたよな。正直、重いわ」

「あたしもそう思う」

冗談交じりに笑う俺を見て、祥が泣きそうに笑った。

祥の持っていた三冊のノートに書かれていたのは、ほとんどが俺への恋心。十年以上分の想いが詰まったラブレターだ。重いなんて言ったのは建前で、それを読んだ俺は本気で泣きそうだった。

「これを読ませて、結婚したあとも俺の心を繋ぎ止めようと思ったの？」

「違うよ。ずっと繋ぎ止められてたのはあたしなの。もう何年も」

そう言いながら、祥がノートに火をつけた。

パチパチと燃える炎が、ノートの端を少しずつ焦がして灰へと変えていく。燃えていくノートを見つめながら、俺の気持ちまでが灰になっていくようで。胸が切なく苦しくなった。

祥は父親の再婚相手の連れ子で、同い年の姉だった。最初はそれが嫌で仕方なかったはずなのに、気付けば祥のことが好きになっていた。

気持ちが抑えきれないくらいにピークで好きだったのは高校生の頃で。つい勢いで告白したら、祥に「家族だ」と言ってフラれた。その言葉に俺の想いが完全に拒絶されたような気がして、実は結構傷付いた。

そこからは祥への気持ちを隠してきたけど、一緒に生活するのは苦しくて。大学に進学するのと同時に家を出た。

それでも、祥のことはずっと好きだった。いつも心の中には祥がいた。別の誰かと付き合っても。こうしている今だって。

「俺が祥にもう一回告白してたら、なにかが変わってたかな」

たられればの話をしたってどうにもならないのに。燃えていくノートに綴られた祥の気持ちが、俺の心を揺さぶった。

「わからない。でも、いちばん好きなひととは結ばれないものなんだって」

「そっか」

祥の言葉が、妙にすとんと心に落ちた。同時に、結婚前夜にそんなこと俺に言っていいのかって思う。

だってそれはつまり。祥が今もいちばん好きなのは——。

だけど真実は、俺と祥の心の中にしかない。

「ねえ、優也。あたし、幸せになるよ。だけど……、このブレスレットはまだ持っててもいいかな？」

「いいんじゃない？　それは、おとうとがねーちゃんにあげた、誕生日兼クリスマスプレゼントだから」

祥の左手首には、俺がプレゼントしたブレスレットがにぶく光っている。就職した年に、祥になにかカタチに残る物を渡したかった。

年に数回実家に帰ってくる度に祥の手首に光るそれを見て、もしかしたら祥も……、とほんの少しだけ期待していた。

だからといって、明日結婚式を挙げる祥の運命は変わらない。それから、俺の運命も。

「祥。俺が、世界で一番にお前の幸せを願ってる」

「あたしもだよ」

そっと手を握ったら、炎に照らされた祥が泣きそうに笑った。祥に笑い返す俺も、多分同じような顔をしていたと思う。

気付けば、日付が変わっていた。

俺たちが家族になったのは、十六年前の八月八日。両親が再婚したのと同じその日に、祥は結婚する。他の男の家族になる。
八月八日は末広がりの日だから、幸せを引き寄せるって。
だからどうか……。
俺のいちばん好きなひとが、幸せになりますように。

雨

寧《ねい》日《じつ》に無力

「幼馴染って楽だよね」

その棘で刺されたのはもう何度目か？

迫りくるニューイヤー。どうにもできない時の流れが憎い。

朝、布団の温もりがやたら恋しい。気温が一段と下がり、最高気温も一桁の日が続いている。

毎年のこととは言え、相変わらず仕組みがよくわからない年末調整に必要な書類を書かされ、「年末年始の出勤協力お願いします」と泣き顔の絵文字付きで、バイト先のグループラインにメッセージが送られてきた。

年末年始は時給が一〇〇円アップするらしい。

俺が働く飲食店の基本自給は九〇〇円で、バイト歴三年目でバイトの中じゃそこそこベテランの俺の時給は九二〇円。つまるところ年末年始は時給一〇二〇円になるわけで、おまけに帰省予定がない俺にとってはこの時期は稼ぎ時。十万に手が届きそうだ。

年明け、給料日が来たらひとりで焼肉にでも行こうか。ハードルは少し高いが。

バイトをしている時間はある意味、憩いだ。

大学三年の冬、将来に向けて着実に準備をしているひとは就活に励んでいるわけで、インターンシップやら説明会やらでせわしなく動いているようだが、俺はまだ、なにもできていない。将来について考えるだけで吐き気がする。

中学・高校の成績は中の下。大学には卒業に必要な単位を取りに行くためだけに通っている。趣味で少しかじった程度のギターはなんの役にも立たないだろう。どうせ、数年後にはガラクタだ。

人見知りで、友達は片手で数えられる俺だが、一年生の頃はまだもう少し社交的だったように思う。

なんとなくで入った飲みサーで、未成年でも関係なく朝まで飲み倒して始発で家に帰ったり、どうせそこまでアルコールが回っていないくせに酒のせいにして食ってやろうという魂胆が見え見えの先輩に捧げたりしたこともある。

若気の至りって多分俺みたいなあほのことを指して言うんだろうなと、自分に跨がる先輩を見ながら思っていた。

性交は好きじゃない。男として持っているものは機能しているものの、欲がそこまで湧かないのだ。食にも関心はない。三食卵かけご飯でもまったく問題がない。夜更かしを夜更かしと呼ばなくなったのはいつからか？　朝方ようやくひょっこり顔を出した睡魔に誘われて眠りにつくもきまって七時に目が覚める。

人間の三大欲求すらまともにない生活。満足感は十段階評価でいったら二が妥当だ。師走。なにも変わらないままの俺に迫りくるニューイヤーからの圧に嫌気がさす。

「やっぱさぁ、AirPods便利だよねぇ」

木製のテーブルに肘をつき、十二月の最終講義までに提出しなければならないレポートの作成をしていた俺に、向かいに座る女が唐突にそんな話題を持ちかけた。

女の名前は素直な花と書いて、素花《もとか》。俺の幼馴染であり、かつ数少ない友達のひとりに値する。

「性能的にはProのが良いんだけどさあ、値段で言ったら初代が妥当だよねぇ。初代の方、ノイキャンないらしいから。電車とかめちゃくちゃうるさいって、友達が言ってたんよぉ。いやあでも、イヤフォンに三万って痛くない?」

レポートの調べものをしたページのまま開きっぱなしだった俺のiPhoneが、AirPodsの開閉によって反応する。充電、右八十六パーセント、左七十パーセント。両耳分同時に充電しているはずなのになんで差異が出るんだろう。AirPodsを使い始めて一年弱。未だ消えない疑問である。

「尚《なお》は、なんでAirPods買ったんだっけ」

「誕生日に、兄ちゃんが」

「あーね。いいなー、私の誕生日にも誰かくれんかな。十二月三十日なんだけど」

「こっち見んな。買わねーよ」

「だめかぁ」

「だめです」

「くっそー……」

十二月三十日。シフト希望を出した日だ。時給アップ対象の初日。

俺と素花は付き合っているわけでもその予定があるわけでもないただの幼馴染かつ友人であるが、十数年来の仲だから、一応プレゼントは毎年あげるし俺ももらっている。お菓子だけの年もあれば、持ち運び充電器やユニクロのトレーナーの年もあったが、どれもさほど高価なものではなかった。

AirPodsは、例年の流れからすると少し高い。

「てか話変わるけどさ、尚、就活いつから始める予定？」

「わかんね」

問われた質問に雑な返事をすると、「私も」と返された。

素花の一人称は音が繋がって「わたし」が「わし」に聞こえるときがある。それが昔からひそかに気に入っているということは墓場まで持っていくつもりだ。そんなこと言ったとて、なんにもならないから。

「そろそろ始めないとまずいかなぁ」

「素花はなんだかんだうまくいきそうじゃん。コミュ力あるし」

「尚からしたらそうかもだけど、周りに比べたら言うほどないよ。あーあ、やだな。髪もネイルもやめなきゃいけないのとか、生きるモチベない」

素花が机に上半身を倒し、自分の腕に顎を乗せた。生え際から地毛の黒が垣間見えるラベンダーアッシュとかいう色をした、彼女の長い髪が揺れる。

大学生になってから次々と色を変えて随分と髪を傷めつけている気がするが、可愛さには抗えないとかなんとか言っていた。顔を合わせるたびに変わる素花の髪色が、俺は嫌いじゃない。

就活を始めたら、そのうち素花の髪も真っ黒に染められてしまうのだろうか。そう思ったら少しだけ寂しくなった。

「あーあ。自分のこと嫌いになりたくないなー……」

俺も、これ以上なにもない自分を認めるのは嫌だな。

声には出さず心の中で返事をする。素花は数秒俺を見つめ、それから。

「尚もさぁ、しんどくなったら泣きついてきていいよ」

そう言って口角をあげて笑った。全部見透かされているみたいで恥ずかしかった。


十二月三十日。いやだなんだとほざいたところで時間は人類平等に流れていくわけで、当然のことながらニューイヤーも着実に俺のもとに近付いてきていた。

無事レポートを提出し、冬期休暇に入り、彼女のいないクリスマスはバイトで終えた。十二月ももう終わる。どうにもできない時の流れが憎い。

年の瀬、十九時。三連勤目を終えたその日、本来シフトは十七時までで組まれていたものの、なかなか混雑が緩和されず、結局俺が店を出たのはつい十五分前のことだった。

普段あまり歩かない時間は、帰宅中と見られるサラリーマンが多い印象だった。仕事に追われ定時上がりができなかったのだろうか。

社会人の仕組みはよくわかっていないが、年末は忙しいと聞く。俺も二年後、そんな現実を経験するのか。想像しかけて、やめた。自分の将来なんか、どうせろくなものになりはしない。

吐いた息が白い。澄んだ冷たい空気が頬を切る。

誰かの優しさに触れたいと思ってしまったのは、きっと寒さのせいだ。

「ありがとうございましたっ」

語尾が弾んだ幼い声に、足元ばかり見て歩いていた俺はふと顔を上げた。

街角の小さなケーキ屋から穏やかな雰囲気の老夫婦が出てきたところだった。にこやかに微笑みながら店内に向けて手を振っている。

流れるままに視線を移すと、店の中では一目見てケーキ屋だとわかる、白を基調とした制服を着た少年がショーケースの上からひょっこり顔を出していた。その横で、同じ制服を着た女性が「またいらしてくださいね」と頭を下げている。

想像するに、息子に手伝いをしてもらっている個人経営のケーキ屋みたいだ。

微笑ましい。あの少年は、将来実家のケーキ屋を継ぐのだろうか。就活を避けて過ごせる代わりに、それはそれで葛藤がありそうだな。

自分が将来に焦っていることもあり、就活に結び付けて考えてしまう思考にため息が出た。

再び足を動かそうとした矢先、ケーキ屋のショーケースのそばに「たんじょうびケーキあります」と手書き風フォントで書かれた看板を見つけた。

たんじょうび。そうだ、今日は素花の誕生日だ。

そうだ、なんて心の中で言ってみたけれど、最初から忘れてなどいない。毎年なんだかんだ祝ってきた日だ。

俺たちは付き合っているわけでもその予定があるわけでもないただの幼馴染で友人である。当然、誕生日当日に会う約束を取り付けているはずもない。素花からは先日会ったときに「尚、今年もバイト頑張れよぉ」とエールをもらっていた。

お互いの誕生日は、会ったときに適当に選んだ、高すぎないプレゼント渡すだけ。

毎年そうだった。

そうしてきたのだ、俺だけが、ずっと。

「おにいちゃん、ぼくんちのケーキ買いますかっ!?」

「え」

看板を見つめたまま立ち止まる俺にそんな声がかけられる。少年の弾んだ声に「あ、いや俺は」と否定しようとしたけれど、それより先に口を動かしたのは少年だった。

こらだめよ、と言う母親の声なんてお構いなしに「あのね、すっごいんだよ！」と少年は言葉を続ける。

「ぜんぶぼくのパパが作ってるんだ！」

「え、ああ……うん、すごいね」

「ぼくがいちばん好きなのはチョコとイチゴなんだけどね、さっきのおばあちゃんたちはシフォンケーキと、あと、栗のやつが好きって言ってたよ！」

少年がにかっと白い歯を見せて笑った。瞳があまりにも真っすぐできらきらしていたものだから、俺は返す言葉に詰まってしまった。

母親が申し訳なさそうに眉尻を下げて俺を見ている。大丈夫ですよ。その意味を込めて軽く会釈をした。

ショーケースに並ぶケーキを今一度よく見つめる。レジ脇にはクッキーやフィナンシェなど焼き菓子も並んでいる。どれもとても美味しそうだ。

ケーキを眺めている間も少年からの視線を感じたが、嫌な気はしなかった。

「……あの」

ひと通り眺めて、ようやく俺は口を開く。少し掠れた声が出た。

「はいっ」

「看板、の……えーっと、誕生日、二十一歳の……、いや」

「たんじょうびけーきありますっ」

緊張しているのはなぜなのか。頭の中で思い浮かべた言葉が文として成り立たないまま音になる。少年の眼差しが眩しい。

そのたんじょうびケーキっていうのは何号のホールケーキで何味ですか。ネームプレート書いてもらえますか。全部詳細に聞いたうえでそのケーキを購入すると決めたとて、たかが幼馴染の俺が誕生日にホールケーキを買って渡すのは重いですか。

ケーキならまだ、ゆるされますか。

二十一歳の誕生日——たかがケーキで、俺と素花の関係は変わると思いますか。

「おにいちゃん、チョコになまえ……」

「まってナオ、ホールケーキはさっきもうないってパパが」

「え～っ!?」

……ああ、またくだらないことを考えてしまった。

少年と母親のやりとりを聞き、はっと我に返る。ふと少年と目が合う。潤んだ目は俺の代わりに涙ぐんでくれているようにすら感じた。

「申し訳ございません……。ホールケーキ、さっき全部売れちゃったんです」

母親が申し訳なさそうに言うので、俺は「いえ、それならいいんです」と無理やり口角を上げた。

素花との関係に見返りを求めるだけ無駄なのだ。良い、むしろこれで良かった。危なく素花との間に変化を求めてしまうところだった。

「ごめんなさいね……」

「いえいえ。じゃあ、えーっと……チョコレートケーキとショートケーキ、ひとつずつください」

「あらあら、すみません。ありがとうございます。ご自宅用ですか？」

「あー…、はい、自宅用で」

バイト続きで脳が疲れていたんだ、きっと。

帰ろう。帰って部屋着に着替えたら、プレゼント用に買っておいた素花の好きなブランドのマフラーを持って家に向かおう。「暇だから来てやったわ」って偉そうに言ってやろう。

俺は今年もそんな理由でしか、素花に会いに行けない。

「おにいちゃん……たんじょうびケーキないの、ごめんなさい」

会計を済ませ、少年の母親がケーキを箱に詰めているとき、掠れる声で少年が言った。

「とくべつな日なのに……」

「いや、いいんだよ。看板が可愛かったからちょっと気になっただけ」

少年が謝ることはなにもない。

今日は別に、特別な日なんかじゃない。俺にとってはただの平日に過ぎなくて、たまたま知人に誕生日の奴がいるだけ。

もともとケーキすら買う予定はなかったけれど会話をした手前、手ぶらで帰るには気が引けたからチョコレートケーキとショートケーキを買っただけ。

そう、そうなんだよ、多分、きっと、絶対。

「代わりと言ってはなんですが……ろうそくお付けしておきましょうか」

「え？　いや、俺は……」

「誕生日は、一年に一度の特別な日ですからね」

「さっき二十一歳って言ってましたよね」と言われ、1と2のろうそくを添えられる。

断る暇はなかった。ふふ、と笑われ、恥ずかしさが募る。

ありがとうございます、小さくお礼を言って俺は目を逸らした。

「ありがとうございましたっ！　また来てね、おにいちゃん！」

語尾が弾んだ少年の声が、やけに鮮明に響いている。吐いた息が白い。澄んだ冷たい空気が頬を切る。

誰かの優しさに触れたいと思ってしまったのは、きっと寒さのせいなんかじゃない。


十二月三十日、時刻は二十一時を過ぎた頃。

「はっぴばーすでーとぅーゆー」

「うわぁあなんか来たぁ」

風呂に入り、部屋着に着替え、マフラーとケーキを持って徒歩五分の距離にある素花の家に向かった。

アポなし凸でも怒られないのが幼馴染という関係性の良さだと思う。

すっぴんはもう何百回と見た。素花に彼氏がいて「すっぴんなんか見せらんない」と嘆いていた頃が懐かしい。

俺からしたら素花の化粧は派手過ぎず控えめ過ぎずほど良いから、すっぴんになったとてあどけなさが出て可愛いと思う程度であるが、それを伝えて発生するメリットがないから口にしたことはない。

俺は素花の、何者でもない。

大丈夫だ、わかっている。

「どしたん尚、わざわざ届けにくるなんて初めてじゃん。明日は雪かぁ?」

「この時期の雪ってそんなに珍しいもんじゃねえだろ」

「間違いなさすぎた」

玄関先は寒いからと家の中に入れてもらった。リビングに入ると、素花の母親がキッチンから顔を覗かせた。

「あら、尚くんいらっしゃい」

「こんばんは」

「ご飯はもう食べたの？　唐揚げ余ってるんだけど、尚くん持って帰らない？」

「あ、じゃあ、もらいます」

「助かるわぁ。帰るとき声かけてね」

家族ぐるみで仲が良いので、こんなやりとりはいつものことだった。素花の母親に軽く頭を下げてリビングを抜け、俺は素花の部屋に通された。

素花は誕生日に予定を入れたがらない、少しばかり珍しい人種だった。家で家族とゆっくり過ごすのが好きみたいだ。

幼馴染だから気を使わなくていい、と素花はいつも俺に言う。その棘で刺されたのはもう何度目だったか、数えるだけ無駄でやめた。

「てかケーキって。それこそ初じゃん？　どしたぁ、まじで」

「バイト帰りにたまたま気が向いただけ。ケーキ屋の子供が俺と同じ名前だった」

「ナオ？」

「そう。母親がそう呼んでた。なんか運命ってやつな気がして買っちゃったわ。ホールは売り切れだったけどさ」

「ねえそれさ、ナオキとかナオトとかの説も捨てきれないよ」

「うわ、たしかに」

箱からケーキを出し、2と1のろうそくを二本刺した。俺があげたばかりのマフラーをブランケット代わりに膝にかけているのを見て、実用性あるものは良いなと思った。プレゼントを開けてすぐ「AirPodsじゃなかったかぁ」と言われたことはもはやご愛嬌である。

「二十一歳だってさ。あっという間すぎて引く」

「そーね。おまえの誕生日来ると同時にほぼ年明けるし余計に」

「毎年言ってるやつだ。ほんと年末嫌いだよね、尚って」

「寒いし」

「冬耐性弱いな」

年末は嫌いだ。今年も変われなかった自分を嫌でも自覚する。代わり映えしない平日。人間の三大欲求もろくに消化できていない。好きな女に告白する勇気も持てないまま、今年も彼女の誕生日を迎えた。

明日で今年が終わる。

チョコとイチゴ。どっちも食べたいと素花が言うので、添えられたプラスチックのフォークで半分にする。互いの皿を突くような形ではない。二種類のケーキをそれぞれの皿に取り分けると、バランスを崩したケーキがごろんと寝そべった。

「ケーキ屋さん、いいな。今から目指しても間に合うかな」

「うん」

「いや、専門行き直さないとだめかぁ」

「独学でもいいんじゃん」

「あはっ、そうか。たしかに、夢がある」

スポンジを頬張った素花の口の端に生クリームがついた。彼女は気づかないまま、次の一口を頬張った。

意外と口の端についた食べ物の存在には気付かないことがある。実際、俺も以前「お米ついてるけど」と素花に指摘されたことがあるので、気持ちはわかる。けれど、世間ではその行為を「狙ってる」とか「あざとい」と称されてしまうわけで、めんどくさい世の中だなと、俺は常々思うのだ。

生クリームをつけたままの素花を見て、可愛い、と心の中で呟いた。

「就活かぁあ」

今日は、君にとって年に一度の特別な日で、俺にとっては、いつもと変わらず君といられた寧日。しかしながら寧日の俺は無力である。

——だから。

「年明けたらやらなきゃいけないことといっぱ……」

「今日はやめようぜ、その話」

言葉を遮るようにそう言って口元についた生クリームを乱暴に親指で拭う。

これまで一度だってしたことがない行為も特別な日になら許される、そんな気がした。

「年明けたら全部また考えればいいって。あと二日くらい焦っても変わんないよ。自分のこと嫌いになるようなこと、誕生日くらい考えなくていいんじゃねーの」

「尚、そんなん言うひとだったっけ？」

「うるせーな、普段言わないだけで思ってんだよ。つか口元にクリームつけてんの小学生かよ、だる」

「あ、取ってくれてありがとう」

好きな女の誕生日。

だめだめな自分が向かうべき将来にも一ミリも好意に気付いてもらえない現状にも

目を瞑《つむ》り、ケーキの甘ったるさに惚《ほう》けたっていい。

「誕生日おめでと」

「なはは、ありがとお」

「いやあ、ホールケーキ結構悔い残ってるんだよな。あの子供の残念そうな顔が忘れられない」

「尚の誕生日に買ったろか、私が」

「よろ」

AirPodsを買うには至らない。たかがケーキで俺たちの関係も変わらない。

けれど、いつもより少しだけ違う自分になれる、今日は特別な日だ。

＊

師走になった。布団がやたら恋しくて、最高気温が一桁続きの日々が続いている。旧暦なんて全部言えるほど詳しいわけでも、知りたいと思うほど興味があるわけでもないけれど、十二月だけはどうしてか覚えている。記憶は曖昧。だけどたしか、小学生のときに幼馴染の男から教えてもらったような気もする。「十二月って師走って言うんだぜ」って。

しわす、しわすかあ、しわすってなんだよ、師走。

「あー、まじで就活したくない」

大学で行われた就活説明会の帰り道。友人の穂乃果《ほのか》が大きなため息とともに本音を吐き出した。

「ね、わかる」

隣にいた歩実《あゆみ》がすかさず同意する。私も同じ気持ちだったので、つい五分前に買った珈琲を飲みながら相槌を打った。紙カップからじわじわ伝う熱がちょうど良い。

「働きたくないってより、スーツ着て就活するってのがキモいわ。志望動機もなにも、フルタイムで働かないと生活できない仕組みにしてるのは国じゃんね」

「若いうちしかできないことをやれとか言ってるけど、それをするには時間もお金も足んないし」

「それなぁ。一日四時間労働とかで生活成り立てばいいのに。八時間労働って半分殺人っしょ」

「はあホント生きてるだけで疲れる、人生」

「てかずっと言おうとしてたけど素花ちゃん髪色めっちゃ可愛い」

「え、可愛いよね、わかる。私もそう思う」

穂乃果と歩実と私。高校からの付き合いで、三人とも同じ大学の同じ学部に進学した。

県内でそこそこ名が通った私立大学なんて片手で数えられるほどしかないから、友達同士である私たちが同じ大学に進学したのはこれといって珍しいことじゃない。学内にあと五人は同じ高校出身の人がいた。

駅から近いから。それっぽい学部があったから。

私がこの大学を選んだのもそんな理由で、穂乃果と歩実も似たような理由だったはずだ。

悲しいことに、人生っていうのはだいたいの人間がなんとなくで進んでいくわけで、大きな夢とか野望とか、抱くだけ無駄とまでは思わないけど、叶うはずがない、とは思う。

「リクルートスーツ着てる女って一部にモテるってまじなんかな」

「それ疲労で視界が霞んでるリーマン界隈でしょ絶対」

「うちらもだんだんスーツの男がかっこよく見えるようになんだよ。古着着たふわふわマッシュの大学生に目が行くのは今だけ」

「マッシュの男ってさぁ、なーんであんなにかっこよく見えるかねぇ」

「でもさ、あたりはずれも結構あるよね。ちょっと軽めのマッシュだと爽やかなイケメン多くない？」

「いやわかる。親ウケも良さそう……つっても親に合わせる機会とかないけどさ」

大学三年生、冬。就職とか奨学金とか卒論とか、これから待ち構える未来のことを考えるとかなり鬱だ。

生きるモチベになっていた派手髪は、悲しいことに寿命が近い。

ああだめだ、折れそう――なんて、軽率にそんなことすら思ってしまう。

「あー彼氏欲しい。軽めのマッシュの彼氏欲しい」

「でもさぁ、この時期の恋愛って正直邪魔じゃない？」

「この時期だから欲しいんだよ。都合良く男に甘えたいときってあるじゃん」

「うわ、そういうこと？　言えてる」

穂乃果と歩実の会話を時々相槌を打ちながら聞いていると、ポケットに入れたスマホが振動した。すぐに取り出し、通知画面を確認する。

【お誕生日クーポン　有効期限のご案内】

件名にそう書かれた某ＣＤショップからのメルマガ。今月は誕生月だから、週に何度か誕生日クーポンが届くようになったけど、実用性がそこまでないのが難点だと思う。件名だけを確認し、中身は開かないまま、そっと画面を閉じた。

「それでいうと、素花ちゃんはいいよねぇ」

不意に話題を振られ、私は首を傾げた。「ごめん、なに？」と問い掛ければ、「ちゃんと話聞いててよお」と歩実に軽く怒られる。

「幼馴染に男がいるだけでちょうど良いって話！　実際どうなの？」

「どうって？」

「恋する可能性、正直あったりする？」

幼馴染と恋する可能性。「そんなのない」と本心でそう言い切れていたのはいつまでか。全てに気付かないふりをして、なにも変わらないふりをして、私は今年も誕生日を迎えようとしている。

「……いやぁ、恋はないね。たしかに一緒にいるのは楽だけど」

「ないんかぁ。幼馴染の彼氏とか、成り立つのは妄想だけってこと？」

「そういうこと」

外気の温度で珈琲の熱が徐々に奪われていく。

冬に浸食されると同時に着実に迫りくるニューイヤー。焦燥感と少しの罪悪感が、私を襲う。


「やっぱさぁ、AirPods便利だよねぇ」

「まあな」

「性能的にはProのが良いんだけどさあ、値段で言ったら初代が妥当だよねぇ。初代の方、ノイキャンないらしいから。電車とかめちゃくちゃ煩いって、友達が言ってたんよぉ。いやあでも、イヤフォンに三万って痛くない?」

私の話を適当に聞き流しながらレポートを作成しているのは、幼馴染の尚だ。

尚のAirPodsケースを弄りながらそう問えば「iPhoneいちいち反応するからケース開けんのやめて」とだるそうに言われる。

「尚は、なんでAirPods買ったんだっけ」

「誕生日に、兄ちゃんが」

「あーね。いいなー、私の誕生日にも誰かくれんかな。十二月三十日なんだけど」

「こっち見んな。買わねーよ」

「だめかぁ」

「だめです」

「くっそー……」

本気でもらえるとは当然思っていないけれど、誕生日プレゼントでもらえるほど私はれば、自分で買うしかない。けれど高価なものをご褒美として自分に買えるほど私はなにも頑張れていないわけで、つまるところ、私のAirPodsデビューはまだ先の話になりそうだ。

尚は、私みたいに髪色を何度も変えたりすることなく、綺麗な黒髪を保っている。

彼が軽めのマッシュヘアーにしたのは、「尚、マッシュ絶対似合うからやってみてよ」と、大学生になったタイミングで私が言ったあとのこと。身長は平均よりやや高めで、さらに言うと、彼が普段好んでよく着ているのは古着だ。これは、単純に尚の好みがそうだった、という話。

ここに来る前に穂乃果と歩実が話していた、今だけどうしても目が行ってしまうイケメンの特徴を具現化したような容姿。見た目で好きになっちゃう気持ちもわからなくないなあと、他人事のように思った。

やっぱり、顔が良いと就活も有利なんだろうか。容姿で内定が決まるなんて馬鹿げた話だと思いながらも、普通にありそうな話で怖くなる。

「尚、就活いつから始める予定？」

「わかんね」

即答だった雑な返事に、どうしてかほっとした。

「そろそろ始めないとまずいかなぁ」

「素花はなんだかんだうまくいきそうじゃん。コミュ力あるし」

「尚からしたらそうかもだけど、周りに比べたら言うほどないよ。あーあ、やだなぁ、髪もネイルもやめなきゃいけないのとか、生きるモチベない」

尚はもともと交流関係があまり広い方ではなくて、中学時代からいつも同じ友達と行動しているイメージだった。幼馴染じゃなかったら、私と尚がこうして話している世界線はなかったと思う。

尚にとって私は、コミュ力があって、なんだかんだうまくいくように見えているらしい。

嬉しいような、嬉しくないような。なにを言われても複雑な感情になってしまうのは、将来のことを考えてメンタルが弱くなっているせいだろうか。

「あーあ。自分のこと嫌いになりたくないなー……」

こぼれた本音に、尚はなにも言わなかった。心なしか表情が曇ったような気がして、尚も同じ気持ちを抱えていて、これからのことを考えて不安になっているんじゃないか、と、そんなことを思った。

「尚もさぁ、しんどくなったら泣きついてきていいよ」

偉そうに言ってみせたけれど、本当は、私がしんどくなったときに尚に泣きつけるように保険をかけていたのだと思う。

『都合良く男に甘えたいときってあるじゃん』

私はずるい。わかっている。

だけどどうか、君との関係は変わらないままでいたい。

恋に落ちる可能性なんて最初からなかったものとして。

穂乃果と歩実が言っていた言葉が、その瞬間とても現実的なものに思えた。


冬休みに入り、たった一回企業説明会に行って以来、私はバイトと遊びに逃げていた。現実逃避なんてしたところで焦燥感は消えないとわかっていても、なにもやる気になれないのだ。

そんな感じで毎日を過ごしているうちに、あっという間に年の瀬になった。

十二月三十日。誕生日といえど、家に引きこもってダラダラするのがお決まりの流れ。恋人がいた頃は外で祝ってもらったりもしたけれど、年の瀬ということもあって、ひとがうじゃうじゃいる場所に長時間いるのは正直しんどかった。

穂乃果と歩実にはクリスマスに会ったときにプレゼントをもらっていたので当日に

会う予定はなかった。

先ほど、家族からは時計をもらったばかりだ。「これからたくさん使うようになるからね」と言われ、なんとも言えない気持ちになった。

今年もあと一日で終わる。年が明けたら、逃げても逃げきれないことがたくさん押し寄せる。考えただけで鬱だ。誕生日くらい、こんなこと忘れていたいのに。

「はっぴばーすでーとぅーゆー」

二十一時を過ぎた頃。インターホンが鳴り、ケーキを持った尚が家にやってきた。

私たちの幼馴染歴は年齢と比例するけれど、彼が誕生日当日にケーキを持ってきたことはなくて、私は驚きを隠せなかった。

すっぴんとジャージで会ってもいまさらなんの羞恥も感じないのが、お互いの素を知っている幼馴染の利点だ。尚を恋愛対象として見ることはこの先もないという謎の確信があるからこそ晒せる姿、なのかもしれない。

尚を部屋に入れて、テーブルの上にケーキをふたつ並べ、2と1のろうそくを刺した。

もう二十一歳になってしまったのかと、この瞬間に実感する。

誕生日プレゼントはマフラーだった。高すぎなくて、ちょうど良いもの。私たちの正しい距離感を理解したようなプレゼントは、実用性が高くてありがたい。

「AirPodsじゃなかったかぁ」と言うと、「まじ贅沢」と尚は笑っていた。

「二十一歳だってさ。あっという間すぎて引く」

「そーね。おまえの誕生日来ると同時にほぼ年明けるし余計に」

「毎年言ってるやつだ。ほんと年末嫌いだよね尚って」

「寒いし」

「冬耐性弱いな」

年末が嫌いな尚の気持ちが、今の私にはわかる気がした。

変われなかった自分を嫌でも自覚する。代わり映えしない日常。現実逃避ばかりして、誕生日を迎えた。明日で今年が終わる。

このまま生きていくのは、正直とても怖い。

チョコとイチゴのケーキ。どうせならふたつとも味わいたくて、半分ずつ分けて食べることにした。

ふたりでひとつのお皿の食べ物を突くような形にしないのは、私たちの中にある暗黙のルールだ。いつからそうするようになったのかわからないが、多分、境界線をしっかり引いておかないといけない気がしていたのだと思う。

「就活かぁあ。年明けたらやらなきゃいけないこといっぱ……」

「今日はやめようぜ、その話」

ふとあふれた弱音ごと拭き取るように、尚の指先が唇に触れた。これまで一度だってされたことのない行為だった。

心が弱っていたせいか、乱暴なのに優しいそれに胸が鳴る。

「年明けたら全部また考えればいいって。あと二日くらい焦っても変わんないよ。自分のこと嫌いになるようなこと、誕生日くらい考えなくていいんじゃねーの」

ああ、ずるい。こういうときばかり、尚が恋人だったら良かった、なんてそんなことを考えてしまう。

私たちは幼馴染だ。

すっぴんを見せて恥ずかしがる必要もないし、誕生日に高価なものを買うこともない。弱音を吐いてもかまわない。

この関係性を保つことが一番良いと言い聞かせて、抱えていたはずの気持ちに蓋をした。『幼馴染って楽だよね』なんて精一杯の強がりでそう言ったかつての自分が、今この瞬間、とても憎かった。

「誕生日おめでと」

「なはは、ありがとお」

AirPodsを買うには至らない。たかが誕生日で私たちの関係も変わらない。

それでも、誕生日くらいは、都合よく尚の優しさに甘えて許されたい。

二十一歳の誕生日。
弱さと優しさに包まれた、ほんの少し特別な寧日。

たゆたう。
橘七都

本当の気持ちを確かめるのが怖かった。

それは君も同じだったわけで、ともに明日を願ったにもかかわらず選んだこの結果は、誰のせいでもない。

人の心は、移《うつ》ろい行《ゆ》くものなのだから。

「君じゃなきゃダメだった。」

高校で知り合った僕らの間には、恋愛感情なんて存在しなかったと思う。

いつも明るくて誰とでも仲良くなれる人気者の君は、気を許してしまうほど一緒にいて楽な人。

だから君が「付き合っちゃう？」なんて軽く聞いてきたときは、本当に驚いたんだ。

悪戯で言っただけかもしれないのに、タイミング悪く周りが聞きつけ、悪びれる様子もなく茶化し始める。

この状況って、ドラマや小説の中だから成立するんじゃないのか？

撤回しようと口を開いたけど、視界に入った君を見て思い留まる。

顔を真っ赤にして嬉しそうに笑う君を見て、僕は流されることにした。

案外、僕も乗り気だったのかもしれない。

それからふたりで過ごす時間が増えて、君の新しい一面を知った。

斜めに切られた前髪は、自分で失敗して友人に整えてもらったこと。

でも細かい作業は得意で、料理も裁縫も自信があること。

甘いものが好きなのに、コーヒーだけはブラック一択なのは意外だった。

ふたりでいるときでしか見られない、素の君を独り占めしている時間が居心地良くて、ずっと続けばいいと密かに願っていた。


高校三年生の夏――部活の県大会への出場をかけて挑む予選会の前夜に突然、君から家近くの公園に呼び出された。

風邪をひいて連日学校を休んでいた君はすっかり元気で、お守りだと言って赤と青のミサンガをくれた。所々ほつれているのは、熱で朦朧《もうろう》としている中で作っていたからかもしれない。すでに君の左手に結ばれたそれになにを願ったのか聞いたら、君は恥ずかしがって教えてくれなかった。

夜も遅いからと、家まで送っていった。玄関に入る前に振り返って「またね」と笑った君を見て、もらったミサンガをぎゅっと握る。それだけで勝てそうな気がした。


――でも、現実がそう簡単にいくわけがない。

結果は一回戦敗退。対戦相手は前回王者の強豪校で、一点差まで追い詰めたところで鳴り響いたホイッスルを酷く恨んだ。

チームメイトは皆、その場に崩れ落ち、涙をこぼしていく。唯一僕だけが冷静に、小さくなった彼らの背中を支える。全員が泣き崩れたらダメだと、自分に言い聞かせて強がった。

放心状態のまま家に帰ると、スマホに君からメッセージが届いていた。試合前に送られていた『頑張れ！』を見て、結果を伝えるのを躊躇《ためら》う。

『ごめん、勝てなかった』

送ってすぐに既読がつく。待ち構えていたのか、電話がかかってきた。

放っておいてほしいと思ったけど、君の言葉に随分救われたんだ。

勝ち負けがどうのこうの言う前に、「好きなことを追い続けた大きな背中が、今まで一番カッコイイ」と言われて、会場でもこぼれなかった涙が頬を伝う。

悔しくないわけがない。君の一言で、抑えていた感情が一気に崩れていく。

ひとりになりたくなくて、電話を切れない僕に君は黙って夜遅くまで付き合ってくれた。

むせび泣く僕に寄り添うように、時折電話の向こうから君の鼻歌が聞こえてくる。

苦じゃないこの静かな時間は、きっと君じゃないと成立しなかった。

大学へ進学すると、僕らの時間は以前より格段に減った。

諸事情で実家から通える距離で大学を選んだ僕に対して、ずっと興味があったものを本格的に学ぶために選んだ君。

幸いしたのは、自宅の最寄り駅が同じだったこと。少しでも会える時間が欲しくて、学校帰りに駅前でよく待ち合わせた。

寄り道をしながら、君がひとり暮らしをする家まで送る。まっすぐ帰れば十五分のところを、どうにかして延ばそうと二時間も遠回りしたときは「なにやってるんだろう」って笑ったね。

春は公園の桜並木を散歩して、夏はコンビニでアイスを買って食べながら。

秋の色付いた紅葉に君は目を輝かせて、一気に冬がやってくれば「手袋を忘れた」と理由をつけて手を繋いだ。想像以上に冷たくて、逆に僕の手が凍えてしまいそうだった。

僕らしくもなく、繋いだままの手を自分のポケットにつっこんだときの君の驚いた顔は、きっと一生忘れられない。

耳まで真っ赤になったのは、寒さのせいなんかじゃない。

それからしばらくして、ふたりそろって高校の同窓会に参加することになった。

久しぶりの友人たちとの会話で盛り上がる中、端で傍観していた僕に寄ってきたひとりが「あの子、なんか綺麗になったよね」と耳打ちしてきた。

目線の先には、女子同士で集まって談笑している君がいる。なんだか面白くないと思っていると、友人から怖い顔をしていると指摘されて気付く。周りから見たら、君を視界に入れている僕はそう見えているらしい。

同窓会が終わった帰り、君にその話をしたら小さく笑っていた。

周りに流されて付き合い始めたこの関係が、今はとても心地良い。

手を伸ばせば繋げるこの距離が愛しい。今も、これからもずっと、僕はそう思うのだろう。

――ただひとつの懸念を除いて。

「……あのさ」

「んー?」

僕は君に、好きだと伝えたことがあっただろうか。

一緒にいることが当たり前で、小さな喧嘩で言い合ったこともあるけれど、改めて言葉にしたことはお互いにないような気がした。

「……やっぱり、なんでもない」

言えなかった。いや、言いたくなかった。

この想いを伝えて君が頷いてくれなかったら。

僕のわがままで君が傷ついてしまったら――この関係は終わってしまうかもしれない。

君を失いたくないから、僕は言葉を飲み込んだ。

このときの君は、すでに決めていたんだろうな。


「私、留学しようと思う」

大学三年の春。喫茶店で目の前に座る君は、いつになく真剣な表情で告げた。

留学なんて大学生からすれば選択肢に入るもの。ただ、君の場合はそれが無期限で、いつ戻ってくるのかわからないらしい。帰国しても、すぐに就職先を探さなければならない。会える時間は今よりももっと減る。

手を伸ばせば届くほど近い距離にいても、離れた場所でも繋がる便利なものが増えても、人の心は移り変わるもの。

「だから、別れよう？」

君は、震えた声でそう言った。

僕は君が決めた道を進むべきだと思った。

いつも自分のことを後回しにして他人を助けてしまうほど優しくて、わがままを抑え込んでしまう人だから、自分のために選んだ道をまっすぐ進んでほしい。

そのために僕は、僕のわがままに付き合わせたこの時間を、たくさんもらった優しさを、どうやって君に返そうかずっと考えていた。――出した答えが、君の望んだものであってほしいと願う。

「わかった」

僕なんかいなくても、君は大丈夫だ。

君の顔を見ることなく、僕は視線を逸らした。


別れを告げたあの日から、胸に穴が空いたような虚しさに襲われた。

一緒にいる時間を作るために始めた帰り道の待ち合わせも、そのたびに連絡したやり取りも、あの日を境にぱたりとなくなった。最寄りの駅で今も待っているんじゃないかと、無意識に君の姿を探している自分がいる。

スマホの中には君とのメッセージの履歴と、色んなところで君と撮った写真ばかり。消そうと思っても削除ボタンがどうしても押せない。

あの日からずっと、別れを告げられたときのことが頭をよぎる。

長い間一緒にいたはずなのに、あのときの君だけはどうしても思い出せない。

笑った君の顔はスマホに保存されている以上に覚えているのに、あの日の君だけは靄《もや》がかかったように霞《かす》んでいる。

無気力な日々を過ごしていくうちに、気付けば君が旅立つ日の朝がやってきた。

門出を祝うくらいなら、一言送ってもいいだろうか。

思い立ってスマホを持つが、メッセージを打っては消してを繰り返す。「頑張れ」も「行ってらっしゃい」も、友達であれば送っても不思議じゃない。なのにどうしても、送信ボタンが押せない。

追い打ちのように「本当にこれでいいのか」と、頭の中で僕が問いかけてくる。

これでいいんだよ、僕らが決めたことなんだから。

僕に止める理由はないんだから——。

ふと、家の前で車が停まった音がした。ひときわ静かな住宅街の早朝に車が通ることが珍しくて、興味本位で窓の外を覗く。

家の郵便受けの前に立っていたのは、君だった。

顔を上げたと同時に目が合う。

以前、斜めに切りすぎた前髪も、耳にかけるほど伸びていて大人びて見える。少し会わないうちに、まるで別人かと錯覚するほど綺麗になっていた。

君も僕に気付いたのか、こちらを見て小さく微笑むと、近くに止まっていた車に乗り込んだ。

「――待って！」


窓越しで届くはずもないのに、僕は叫んで慌てて部屋を出た。

なぜ家まで来たのか、あの日僕が出した答えは正解だったのか。――聞きたいことが山ほどあるのに、僕には君を引き留める資格なんてない。

でも今確かめなければ、もう二度と会えないような気がしてせわしなく玄関に向かう。今は鍵を開ける時間さえもどかしい。

外に出たときにはすでに、車の後ろ姿が小さくなっていた。

君が立っていた郵便受けを覗くと、薄い青色の封筒が入っていた。懐かしくも見慣れた、小さくて細かい字は君のものだった。自分宛てであることを確認すると、その場で封を開ける。


『最初から最後まで振り回してごめんね。

一緒にいる時間が楽しくて、私はずっと君に甘えてしまっていたと思う。

君は周りに流されやすいけど、誰かが困っているのを放っておけない優しい人だから、全部飲み込んでしまう前に君から離れないといけないと思ったんだ。

今まで本当にありがとう。

次に誰かと付き合うときは、私みたいな人と付き合っちゃダメだよ。


——最後に、ひとつだけ。

君のことが、ずっと好きでした』

今から追いかけても無駄だとわかっていながら、僕は無我夢中に走りだす。

目的地がわかっていても、どれだけ鍛えた脚力が備わっていたとしても、きっと間に合わない。

決断した君に、未練がましく縋り付くことなんてしたくない。

それでも走ったのは、このまま終わりにしたくないと心の底から願ったから。

僕はなんて、なんてバカなんだろう。

君がどんな想いで一緒にいてくれたのか、なにもわかっていなかった。

冗談でも「付き合っちゃう？」って聞かれたときは本当に嬉しかったんだって。

もらったミサンガは今もまだ切れていないんだよって。

君にそんな顔をさせるつもりはなかったんだって、言わせてよ。

僕はまだ、君に「ごめん」も「ありがとう」も伝えられていないのに！

「……っ、ずるいって」

君って本当にずるい。

今さら遅いかもしれない。君は呆れてしまっているかもしれない。

でも僕が次に付き合う人の話を、君がしないで。

ずっと見て見ぬふりしてきたこの気持ちを、どうか思い出と呼ばないで。

初めて愛おしいと思った相手も、この先もそばにいたいと願う相手も、君じゃなきゃダメだった。


ずっと隠し続けた想いを、こんな形で終わらせてしまったことへの後悔は、あの日から容赦なく襲い掛かってくる。

君がいつもそばにいてくれたことがどれだけ支えになっていたか、今ならわかる。

人の心は揺蕩《たゆた》い、移り変わるもの。

どうあがいても過去が変わらないのなら、僕は背伸びをしてでも大人になるしかないのかな。

一緒にいたあの日々が嘘じゃなかったと証明するために。

すべてを糧にして、胸を張っていられる自分になるために。

これからも君が笑っていられるように前を向くから、今はまだ少しだけ想わせて。
――でももし、もしもの話なんだけど。
この広い世界のどこかでまた出会えたそのときは、好きな君の隣にいられますように。

「君じゃないとダメだった。」

高校で知り合った私たちの間には、恋愛感情なんて存在しなかったと思う。

自覚したのは、私にとって最悪なタイミング。休み時間に目にかかった前髪を自分で切ろうとして、斜めに切りすぎてしまったのだ。

友達に頼んで整えてもらったけど、どうやっても誤魔化せなくなった私に、君は「可愛いじゃん」と笑ってくれた。

普段澄ましている君が珍しく笑ったから、不意打ちで胸が高鳴る。

……君ってずるいよね。

いつも一緒にいる友達の中でも、君は控えめで周りに合わせて流されやすい。それでも話が合って楽しくて、一緒にいて落ち着く人。

だから悪戯したくなって「付き合っちゃう?」って聞いたとき、君の顔が真っ赤に染まったのを見て、正直嬉しかった。

生まれて初めての告白に返事はなかったけれど、その表情が見られただけで満足だった。

それからふたりで過ごす時間が増えて、君の新しい一面を知った。

くしゃっと笑ったときにえくぼができること。

趣味は読書とインテリなのに、部活で活躍するほど運動が得意だということ。

甘いものが苦手なのに、コーヒーは必ずミルクと砂糖を入れないと飲めないのは意外だった。

ふたりでいるときしか見られない、今まで知らなかった君を独り占めしている時間が心地良くて、ずっと続けばいいと願っていた。


高校三年生の夏——最後の大会に向けて多くの運動部が炎天下で練習に励む中、私は風邪をひいて学校を休んでいた。

君から『大丈夫？　無理すんなよ』と素っ気ないメッセージが届いただけで嬉しくて、さらに熱が上がったのは内緒の話。窓の外から見えるぎらついた太陽を見て、君の方こそ無茶していないか心配になる。

微熱になったのを見計らって、作りかけのミサンガを編む。赤と青の紐で編んだそれは、大会の前日までになんとか完成させた。

無理を承知で夜の公園に呼び出したら、君はすぐに来てくれた。不器用ながらも作ったミサンガを渡すと、嬉しそうに受け取ってくれた。来る前に左手に結んだ私の分を見て、なにを願ったのか聞いてきたので慌てて誤魔化す。

君がベストを尽くせますようにって、言ってしまったら叶わないかもしれないでしょう？

――だから、君からのメッセージを見て、いてもたってもいられなかった。

途中から駆けつけた試合は緊迫していて、あと一歩のところでホイッスルが鳴り響いた。

泣き崩れるチームメイトの中で君だけが平然としていたように見えた。

悔しくないわけがない。きっと放っておいてほしいんだってわかってる。

でも君はきっと、悔やんで自分を追い詰めてしまうから、その晩に届いた返信を見て電話をかけた。

「好きなことを追い続けた大きな背中が、今までで一番カッコイイって思ったよ」

執着がないと自分では言うけれど、誰よりも懸命に取り組んできたことを私は知っている。

電話越しに鼻をすすった音が聞こえてきても、電話を切ろうとしない彼のそばに少しでもいたくて、繋げたまま静かな夜を過ごした。

時々鼻歌を歌ってみたけど、聞こえてたかな？

沈黙さえも愛おしいと思うのは、きっと君だから成立したんだね。

大学への進学は、君との時間が減ることを告げていた。

興味があるものを本格的に学ぶために進学した私に対し、君は自宅から通える距離の大学を選んだ。

偶然を装って、ひとり暮らしする家を君と同じ家の最寄り駅に決めると、君から「少しでも一緒にいる時間を作ろう」と言ってくれて、帰りに駅前で待ち合わせするようになった。

私の家に着くまでにどこまで遠回りできるかと、本来は十五分で着く道のりを二時間も延ばしたときはお互いに「なにやってるんだろう」って笑ったね。

春は公園の桜並木を散歩して、夏はコンビニでアイスを買って食べながら。

秋の色付いた紅葉の下を歩く君はどこか嬉しそうで、一気に冬がやってくれば「手袋を忘れた」と理由をつけて手を繋いだ。

君らしくもなく、繋いだままの手をポケットにつっこんだときの私の驚いた顔は、きっと真っ赤だったに違いない。

でもね、君も同じくらい耳が真っ赤に染まっていたの、気付いていないでしょう？

しばらくして、ゼミの教授に意欲的に取り組んでいる姿勢を評価されて、留学してみてはどうかと勧められた。好きな分野で認められたことがすごく嬉しくて、本当はすぐに頷きたかった。

――君が、いなければ。

その日の夜に行われた高校の同窓会の帰り道で、君が友達に茶化された話を聞いて、ちょっとした優越感に浸る。君は気付いていないだけで嫉妬深いんだよ、と言いかけて止めた。

君にとって私との関係は、周りに流されて仕方なく付き合ったことに変わりはない。

私は君に、好きだと言われたことがあっただろうか。

一緒にいることが当たり前で、小さな喧嘩もして言い合ったこともあるけれど、改めて言葉にしたことはお互いにないような気がした。

手を伸ばせば届くこの距離が愛しいのに、明日にはいなくなってしまうんじゃないか。

明日には、私以外の人が君の隣に立っているんじゃないかって、不安になる。

すると、君が躊躇いがちに口を開いた。

「……あのさ」

「んー？」

いつになく強張った表情の君を見て、途端に不安がよぎった。別れを告げられるんじゃないかって思わず身構えてしまう。

「……やっぱり、なんでもない」

君はなにかを言いかけて止めた。正直ホッとした自分が嫌になる。


だから私は、私と、君の未来のために決断しよう。


「私、留学しようと思う」

大学三年の春。待ち合わせをして入った喫茶店で、向かい合う君に告げた。

いつ戻ってくるかわからない。戻ってきても、すぐ就職先を探さないといけない。

今まで以上に一緒にいられる時間は減る。

手を伸ばせば届くほど近い距離にいても、遠く離れた場所で連絡がとれる便利なものが世の中に増えてきたとしても、人の心だけはどうにもできない。

好きじゃないのに付き合ってくれているんじゃないか——そんな不安を、君に否定してほしかった。

「だから、別れよう？」

ここに来てから、君の顔が見られない。口元ばかりを凝視して、目を見て話すことができなかった。

本当は引き留めてほしい。

離れていかないでほしい。

今の距離じゃ足りないくらい、ずっとそばにいてほしい。

——でも君は「わかった」と一言だけ呟いて、目を逸らした。


別れを告げたあの日を境に、毎日のようにしていた連絡はぱたりと止んだ。

スマホに保存されている写真はすべて、私からねだって撮ったものばかり。自分から別れを切り出したのに、胸につかえたままスッキリしないのは、私のわがままなんだろうな。

君を好きだったことを過去形にして、君から離れるために別れた。それで良かったはずなのに。

——なのに、なんで？

視線を逸らした君の顔が、今も頭から離れない。

気持ちを切り替えるために、ひとり暮らしの部屋を出て実家に戻ることにした。

実家なら君と鉢合わせすることはない。予定のない日は家で勉強に専念する。

これから私は、新しい環境にたったひとりで飛び込んでいく。それはプールに飛び込むほど簡単なことじゃないけれど、未知の世界というだけでわくわくする。

時折、頭の端で君の顔が浮かんだ。

忘れないといけないのに、まだ引きずっている。私は誤魔化すように参考書を捲《めく》った。

旅立つ前日の夜、持っていく荷物の最終チェックを終えてゆっくりしていると、机の引き出しに入っていたレターセットを見つけた。

薄い青色のそれは高校生のとき、君の誕生日プレゼントに添えた手紙の残りだった。ちょうど部活の大会でふたりきりの時間が取れなかった時期で、手紙なら読んでくれると思って半ば強引に渡したんだっけ。かなりの量が残っているから、一度使ったきりだったのかもしれない。

便箋の間になにか挟まっていたのが気になって袋から取り出すと、赤と青のミサンガが机に落ちてきた。

大学に進学する前に切れてしまったから、失くさないようにと入れていたのを思い出す。

その瞬間、あの日の君の顔が浮かんだ。

——もう会えないかもしれないのに、本当にこのままでいいの？

「——っ！」

言いたいことなんてたくさんあった。でも、言えなかった。

君を傷つけたくない一心で、私のわがままに付き合ってくれる君の負担に、これ以上なりたくなかった。

君と出会ったときから、私は振り回してばかりだ。

一緒にいる時間が楽しくて、居心地が良くて。ずっと君に甘えてしまっていた。

それでも周りに流されやすい君は、困っている人を放っておけないから、優しさで付き合ってくれているんだと思っていた。

……バカだね、私。

嫌なことを全部飲み込んでしまう前に、君から離れるべきだった。

次に君が誰かと付き合うとき——ううん、君が本当に好きな人と出会えたそのときは、私にくれた優しさ以上に愛してあげてほしい。

——そして、これは私の最後のわがまま。

この恋に区切りがついて、いつか思い出と呼べるようになったら。

あの日聞けなかった返事、教えてくれるかな。

翌日、空港までは兄が車を出してくれた。遠回りになるけど君の家に寄りたいとお願いしたら、すんなりと引き受けてくれたのだ。君とも面識があるから、気になっていたのかもしれないね。

高校生の頃に何度かお邪魔《じゃま》したことがある君の家は、あれからなにも変わっていない。

……私も君も、あの頃から変わらなければ良かったのかな。

郵便受けに手紙を入れる。これで最後。空港に着く前に連絡先を削除するつもりだ。

ふと顔を上げて家の方を見ると、二階の窓から誰かがこちらを見ていることに気付いた。

驚いた様子で目を丸くしている。すらっと背筋が伸びたその姿は、君以外考えられない。

——ああ、そうだった。

周りに合わせて流されてしまう、端っこにいる君に話しかけるようになったのは、背筋をまっすぐ伸ばした姿勢がいつも綺麗だったからだ。あの頃からなにも変わっていない。そんな君が、好きだった。

なんだか自然と笑みがこぼれて、振り向かずに車に乗った。動きだした車のミラーに、家から飛び出してきた君の姿がちらりと映る。

気付かないふりをして、メッセージアプリに登録された君のアカウントを消した。


空港に着いて搭乗時間まで待っている間、スマホに届いていた友人や親戚からのメッセージに返信していく。

すると、新着メールを受信した通知が届く。その差出人を見て胸が高鳴った。

ついさっき消したはずの、君の名前だった。

高校の頃はまだメッセージアプリがなくて、家族や友達、君とさえも全部メールでやり取りをしていた。アプリが普及してきてからは、メールの存在なんてすっかり忘れていた。

おそるおそるメールを開くと、そこには短い言葉が一文だけ表示される。


『好きだ』


「……っ、ずるいよ」

君って、本当にずるい。

ストラップ代わりにつけた赤と青のミサンガを、スマホごとぎゅっと抱きしめる。

君を好きになれて良かった。本当に良かった。

初めて恋をした相手も、この先もそばにいたいと願った相手も、君じゃないとダメだった。


ずっと隠し続けた想いを、こんな形で終わらせてしまったことへの後悔は、あの日から容赦なく襲い掛かってくる。

君がいつもそばにいてくれたことがどれだけ支えになっていたか、今ならわかる。

人の心は揺蕩《たゆた》い、移り変わるもの。

どうあがいても過去が変わらないのなら、私は背伸びをしてでも大人になろう。

一緒にいたあの日々が嘘じゃなかったと証明するために。

すべてを糧にして、胸を張っていられる自分になるために。

これからも君が笑っていられるように、前を向くよ。


――でももし、もしもの話なんだけどね。

この広い世界のどこかでまた出会えたそのときは、好きだった君の隣にいられますように。

空、ときどき、地、ところにより浮上

櫻いいよ

空は高くて、どこまでも舞い上がることができる。
だけど、ときどき地に落ちる。
高く飛んだ分だけ、勢いよく落ちる。
そして——。

――彼女の落ちた日

二十八年も生きていると、誰でも自分への戒めをひとつやふたつ持っているだろう。私の場合は、ひとつ、自分はミスを犯すものだと忘れないこと、ひとつ、夢や目標は口にしないこと、ひとつ、調子に乗らないこと、ひとつ、都合のいい夢は見ないこと。そして最後に、自分の機嫌に他人を巻き込まないこと。

そう思っていても、なかなか自分をコントロールするのは難しい。

「……調子に乗った。というか、乗ってた」

今日やってしまった仕事のミスを思い出し、はあああああ、と大きなため息をついて机に突っ伏す。せっかくの金曜日だというのに、気分は最悪だ。

「やってしまったもんはしゃーないだろ」

ローテーブルを挟んで前に座っていた彼氏の真紀《まき》がうんざりしたような顔で言った。

仕事から家に帰ってきたのは夜七時半、真紀がやってきたのは八時、それから簡単に晩ご飯の準備をして食べて、今は十時前。その間、私はずっと同じような言葉とため息を繰り返している。真紀はいい加減ため息ばかりの私の相手をするのが面倒になったのだろう。それはわかる。ため息ばかりついていたってなんにもならないこともわかっている。

「今から五分で気持ちを切り替えるから、ちょっと待って」

そう言って、肩にかけていたブランケットを引き寄せてテーブルに突っ伏し自分を抱きしめる。

真紀は「そうしろ」と答えてからすっくと立ち上がった。そしてワンルームの小さな台所に立ってお湯を沸かし始める。その姿を、九十度傾いた視界の中で見つめた。立っている姿を見るだけで、真紀が今、不満を抱いているのがわかる。

真紀とは、付き合って二年半になる。出会ったのは五年前で、当時社会人二年目で出会いがないと嘆いた私に友人が飲み会と称して一歳年上の彼を紹介してくれた。

正直言って、彼は彼女を大切にする優しい男性、ではない。でも、裏表のないはっきりした性格を好ましく思った。褒められたら調子に乗る私にとって、厳しい意見を率直に口にしてくれるところもありがたかった。

友達のような関係から始まり、半年ほどでひとり暮らしの家をお互い行き来する恋人のような関係に変わり、今に至る。その間、私たちの態度はこれと言って変化はない。それだけ相性がいいのだろうと思っている。もちろん、大なり小なり喧嘩をすることはあるけれども。少なくとも、私は真紀と一緒にいることに不満もストレスも感じない。

……たいていは。

そして、今日はその〝たいてい〟には含まれない。

「なんだって今日はそんなに引きずってんだよ。ミスだって生きてりゃ誰だってするっていつも自分で言ってんじゃねえか。明日から気を引き締めて頑張れよ」

こっそりとため息をついたのに真紀の耳には聞こえてしまったらしい。

真紀は正しい。彼の言っていることはなにも間違っていない。ミスをしたのが今日でなければ、たしかに私は彼の言った言葉を口にしていたはずだ。ミスはしたけれど大事になる前に回避できたので、今後気をつければいい、と。

なのに、今日はどうしても浮上できない。理由は、ミスだけが原因ではないからだ。

「いろいろあるんだよ、私にも」

「意味わかんね。時間のムダだと思うけどな」

いつだって真紀は私の悩みを一刀両断する。例えば友達とちょっと気持ちのすれ違いを感じたとき、本人に言えばいい、もしくは嫌われてるなら諦めろ、と言う。例えば先輩の仕事のやり方に不満があるとき、本人に伝えればいいと言う。そんな気持ちで仕事してストレス抱えてどうしたいの、今後のためにも言うべきだろ、悩んでても相手は変わらないぞ、と言う。

ごもっともだ。

これまで彼のはっきりとした意見に背中を押されたこともあるし、なるほど、と気持ちを切り替えられたときもある。

けれど。

「……今はそういう正論聞きたくない」

気休めでもいいから、優しい言葉が欲しいときだってあるのだ。

「いろいろってだけ言われてなにを言えばいいんだよ」

「だからそうじゃなくってさあ。……いや、いい。なんでもない」

これじゃただ、真紀に甘えて駄々をこねているだけだ。そのことに気付いて口を閉じた。自分の機嫌は自分でどうにかするしかない。

「とりあえずコーヒーいるか？」

「うん」

一応、落ち込んでいる私を気遣ってくれているのだろう。若干私に苛立っているのかいつもよりも落ち着きがない様子だけれど、なんだかんだ真紀は優しい。

ありがたく頷くと、真紀はマグカップをふたつ取り出してインスタントコーヒーを準備してくれた。私の家なのにまるで自分の家のように手慣れている。まあ、週の半分は私の家に通っているので当たり前か。

「そういえば、今日はなんでまだスーツ脱いでないの？」

いつもはこの家に常備している真紀専用のスウェットに着替えるのに、今日は上着とネクタイを外しただけの姿でいる。

「さあ」

さあってなんだ。まあ、好きにしたらいいけれど。

「なあ、椎菜《しいな》、明日暇してるか？」

マグカップを手にして真紀が戻ってくる。今度は私の隣に腰を下ろした。

「今のところはなにもないけど。なんで？」

「引っ越し先、見に不動産行こうと思って。更新時期が近付いてるって言ったろ」

「ああ……三か月後だっけ？　でも私が行っても仕方なくない？」

住むのは真紀だし。

どこに住んでも真紀の家にはあまり行かないだろうし。

お互いの職場までの距離を考えれば、それほど遠い場所に引っ越すことはないだろうから、真紀の自宅が変わったところで私の生活はなにも変わらないはずだ。

「いくつか候補はあるんだけど悩んでるんだよ」

「真紀が悩むなんて珍しいね。場所？　間取り？」

「どっちも」

ふうん、と返事をしてマグカップに口をつける。ミルクも砂糖も入っていないほろ苦いブラックコーヒーの味が口の中に広がる。ほんの少しだけ気持ちが上がる、が、その反動でさっきよりも落ちる。

「あー……」

盛大にため息をついてしまうと、真紀が「もういいって」と舌打ち混じりに言った。

「そばでため息ばっかり聞かされるとこっちまで気分が下がるだろ」

「わかってるよ。わかってるけど出ちゃうんだよ」

「出してんのは椎菜だろ。自制しろよ」

厳しい口調に、ぐっと喉が詰まる。なんでそこまで言われなくちゃいけないのか。

悔しさで目頭が熱くなる。泣くものかと涙を呑み込むと、次にふつふつと怒りが込み上げてくる。思わず、

「ここは私の家なんだから好きにしていいでしょ。嫌なら自分の家に帰れば？」

と、口にした瞬間、部屋の空気が凍りついたのがわかった。

「わかった、じゃあ帰るわ」

隣にいた真紀が低い声で答えてからすっくと立ち上がり、私の体がびくりと震える。

やばい、完全に怒っている。怒らせてしまった。

「で、明日はどうすんの？　やめとくか？」

真紀は鋭い視線で私を見下ろす。

「……う、ん」

断らない方がいい、と思いつつも、頷いてしまった。

だって、今は明日のことを考える余裕がない。なにより、明日もまだこの気分を引きずっていたら最悪だ。ならば、最初から断っておくべきだ。

「私が一緒に行っても意味ないし、真紀の家なんだから真紀が決めたらいいよ」

「わかった。じゃあな」

真紀はそっけなくそう言ってスーツの上着を羽織り、コートを取って玄関に向かった。せめて見送りくらいはしなくちゃ、と立ち上がると同時に、ドアがばたんと閉まる音が部屋の中に響く。

せっかく来てくれたのに申し訳ないな、と思わないでもない。

でも、私だって好きで落ち込んでいるわけじゃない。

「でもあれは……失言だったな」

嫌なら帰れ、なんて。本気で帰ればいいと思っていたわけじゃない。完全に八つ当たりだ。真紀が冷たいことを言うのはいつものことだし、そもそも私がため息ばかりついていたのが悪い。

結局、私はまたため息をついて床に寝転がり目を瞑った。

そのまましばらく過ごし、なんとはなしにスマホの時計を見るとすでに一時間が経っていた。もしかして私は気付かない間に寝てしまっていたのだろうか。

もうすでに真紀は自宅に着いているはずだけれど、メッセージは届いていない。

上半身を起こして、ぐん、と背を伸ばしてからゆっくりと立ち上がる。カーテンを閉めていなかったことに気付いてベランダに近付き、そのままガラス戸を開けた。

冷たい冬の空気が私の頬を刺す。少しだけ、頭がすっきりする。

その場に座り、部屋の空気も一緒に入れ替えようとしばらく夜空を眺めた。ふうっと息を吐き出すと、白く染まってすぐに消える。

八階のベランダからは、ビルやマンションがいくつも見える。光が灯る窓を数えるようにゆっくりと確認し、少し先にある高速道路を行き交う車のライトを目で追いかける。

光の数だけ、この夜の中活動しているひとがいる。

どれも寂しそうに見えるのは、気のせいだろうか。いつまで光り続ければいいんだ、と私に問うているようにも思えてくる。

「みんな寝たらいいのに」

もちろん、私も含めて。

そして、真っ暗な世界になればいいのに。

――たまに、こういう気分になるときがある。

くるりと振り返り部屋の中を見ると、そこには当然誰もいない。真紀は今頃、私に対してムカついているんだろうな。もしくは、もうどうでもいいと自分の家で寛いでいるかもしれない。

とりあえず八つ当たりしてしまったことを謝らなければ、と『さっきはごめん。もう家着いた？』とメッセージを送る。けれど、なかなか既読にならない。お風呂に入っているのか、スマホを見るのも嫌なほど、怒りがおさまっていないのか。本当に私のことはもうどうでもよくなったのか。想像するとどんどんと体が重くなってくる。

「……そんなに怒らなくてもいいじゃん」

私が悪いのはわかってるけどさ。

誰かに話しかけるように独り言つ。

口を尖らせてふいっと再び視線を夜空に向けて膝を抱えた。地上にたくさんの光があるからか、空に星はひとつも見えない。目を凝らせばいくつかはあるだろうけれど、探す気にはなれなかった。

ばたん、とドアが閉まる音が、鼓膜にこびりついている。思い出すたびに、どんどんと心細くなってくる。メッセージを見てくれないことに、孤独感が募る。

私はなんでこんなに、落ち込んでいるのだろう。

普段の私は、もう少し気持ちの切り替えができていた。

デザイン会社で働き出して、六年になる。これまでだって何度もミスをした。落ち込むこともあった。頑張ったのに結果に結び付かなかったことだってある。その度に私は、仕方ない、また明日から気持ちを切り替えて頑張ろう、とりあえず明日をちゃんと過ごそう、と前を向けた。今日のミスよりも大きな、始末書並みのミスをしたことだってある。なのに。

今日は、なにもかもが悪いようにしか考えられない。

ありとあらゆることが悪い結果にしか至らないのではないか。そのたびにズブズブと地面に沈んで、二度と這い上がれないのではないか。

そう、たまにこういう気分になるときがある。

「……寝よう」

なにもする気が起きないときは、寝るに限る。体も芯まで冷えてきたので腰を上げてベランダのガラス戸を閉めると、スマホが震えた。

真紀かと思いすぐに確認するが、メッセージの差出人は大学時代の友人だった。内容は、日曜日に飲みに行かないか、という誘いだ。

真紀の誘いも断ったくらいには、先のことを考える余裕がない。かといって、友人と会うのは久々になるので、会いたいとも思う。でもなんとなく、行く、という返事ができない。

とりあえず明日また返事をすることにしようか、とメッセージを打とうとしたけれど、うまく言葉を文字にすることができず、通話ボタンを押した。

話がしたい。でも、真紀に吐き出したような愚痴を言いたいわけではない。久々に話す相手に仕事の愚痴を聞かせても困らせるだけだ。

ただ、明るい友人の声を聞いたら、私の気分も変わるような気がしたから。

耳に当てて呼び出し音を聞いていると、二回目のコールのあと、

『もしもしー』

と、友人の明るい声が響いた。胸の中のモヤが一瞬だけ風にのって飛んでいく。体がふわっと軽くなる。

『どしたどしたー?』

「ごめん、文字打つのめんどくさくてさ」

『うはは、なにそれ。珍しい』

私の返事に、友人がけらけらと笑う。

普段私は電話を滅多にしない。メッセージの方が手っ取り早いし、相手も自分の都合のいいときに確認してくれればいいと思っているからだ。長々とやり取りをするような内容ならまだしも、誘いの返事ならスタンプひとつで済む。

らしくないな、と自分でも思う。でもやっぱり電話で良かったかも、と友人の笑い声を聞いていて思った。

「日曜日の返事、明日でもいい？　ちょっと予定がわかんなくてさ」

『いいよいいよー』

用件がさくっと終わってしまったので、せっかくだし「最近どうよ」と漠然とした質問をした。

『彼氏を尾行した話でもする？』

「なにそれ。そんなことしたの？」

『これっていうなにかがあったわけじゃないんだけど、最近なーんかあやしくってさ。浮気してんじゃないかと思って三日間くらい仕事帰りの彼を尾行したのよ』

「すごいなあ。で、どうだったの？」

『勘違いだったよね！　っていうか、実は私にプロポーズしようと思っていろいろ計画してたんだってさあ。ディナーのお店探したり、指輪見に行ったり』

惚気だったようで、友人の声色が甘くなった。

「そういや来月誕生日だったっけ？　いいじゃん。おめでと」

『椎菜のところは？』

一瞬なんのことを言っているのかわからず、数秒あけてから真紀とのことかと気付き「なんにもないよ」と答えた。

『椎菜って結婚願望ないっけ？』

「ないわけじゃないよ。真紀となら一緒にいてもいいなと思ってるし。でも、あんまり期待してないって感じかな。真紀はそういうの、考えないだろうなって」

仕事もそれなりに楽しそうだし、彼は自分の時間を大事にしている。映画やゲームなど趣味があり、友人も多い。これまでの彼女とはなかなかうまくいかなかった、他人と暮らすのは向いていない、と以前真紀が自分で言っていたのを覚えている。

そう思い、ふと、じゃあなんで真紀は私の家にしょっちゅうくるのだろうかと考える。つき合いも結構長くなったし、私と一緒にいるのは真紀にとってストレスとではない、ということだろう。

ほわっと胸にあたたかい明かりが点いたような感じがした。

「まあなるようになるんじゃないかな」

『椎菜らしいなあ。まあいい関係なんだろうね』

……そう言われると、さっき、怒って帰った真紀を思い出し、不安を覚える。

『じゃあ別のことでテンション低いの？　なんかあったんでしょー？』

「え？」

びくっと体が反応して、同時に声が漏れる。

友人に気付かれたことに驚きを隠せない。そんなつもりはなかったのに。

『なにがあっても笑ってる椎菜が落ち込むなんて、大事件でもあったわけー？』

私が返事をするよりも先に、友人が言う。すでに、私が落ち込んでいることは間違いのない事実だと思っているようだ。

〝なにがあっても笑ってる椎菜〟

友人に言われた台詞は、私自身が意識してきたことだ。悩んだり悲しんだりしている姿をひとに見せるのは苦手だ。心配されると申し訳なくなる。私の気持ちに巻き込んでしまったような気持ちになる。

なによりも、私はそういう弱った姿をひとに見せたくないのだ。無理をしているわけではなく、周りには〝なにがあっても笑ってる椎菜〟と思われたい。自分の機嫌は自分で取る。そんな自分でいたい。そんな自分を私は結構好きだと思っている。

なのに、今日はそれができない。

友人に対してだけじゃない。真紀にもだ。多少彼に甘えていて本音を吐露してしまうこともあるけれど、今日はひどかった。

「……そういう日なのかなーって。最近調子良かったからその反動かも」

誤魔化さなければ、と思ったはずなのに、口から出てきたものは、私の素直な気持ちだった。どうしてなのか。心を無視して口が勝手に動く。それも、とても自然に。まるで呼吸のように。そうしなければ生きていられないかのように。

『調子良かったんだ』

「うん。私のデザインがその界隈ではちょっとバズったり、他社とのプレゼンで満場一致で私のが選ばれたり、ボーナスが増えたり、あとSNSでのプレゼントに応募したら当たったり」

『調子いいねえ』

でしょう、と言って笑う。

「だから、調子に乗ったんだよ」

そういうときほど気をつけるべきだと、私は知っていた。これまでも同じようなことを何度も繰り返してきた。テストでいい点数を取って浮かれて友達と遊びに行って階段から落ちて骨折するとか、高校のときに親にやっと買ってもらえたスマホを友人に見せびらかしていたら水没させるとか、大学のときは初めて告白されて喜んでいたら、その日彼氏に振られた友人を泣かせて仲違いしてしまうとか。

今日のミスも同じだ。

仕事がいい感じになっていたとき、私は先輩が忙しく仕事をしていることに気付きつつも、手伝おうともせずに笑顔で退社した。連日遅くまで仕事をしていたわけでもない。むしろ納期明けで一週間ほど毎日定時退社していたくらいだ。

もともと仲の良かった先輩ではない。連絡先も知らない、会社だけの関係だ。なのにどことなく、その日以降その先輩が冷たいような気がしている。挨拶に対してそっけない返答をされたり、すれ違うときに目が合わなかったり。

「普段なら、これほど気にすることもないことなんだけどさ、いろいろ考えちゃって」

これまでもそうだったかもしれない。気にしすぎかもしれない。でも、調子に乗って浮かれて、なにか相手を傷つけたり、不快にさせたりしてしまったのかもしれない。

一度先輩の態度に違和感を抱くと、気になって、気にして、落ち着かなくなった。

それが原因、とまでは言わないが、今日のミスに多少なりとも影響を与えたのではないか。そう考えると、ますます気になって、気持ちが沈んでいく。

そこから、抜け出せない。

「なんかごめんね。寝たら元に戻ると思うんだけどねー」

明るい声を意識して友人に伝えると、彼女は、

『そっかそっか。まあそんな日もあるよ。今日はあたたかいものでも飲んで、ゆっくり寝たら、明日はいい日だよ』

詳細を聞くことなく、そう言った。


――そう、そんな日もある。

じゃあまた明日返事待ってるね、と友人が電話を切ると、私はしばらくぼーっとし

てからのそりと立ち上がった。冷蔵庫には三日ほど前に買った牛乳が残っていて、それをマグカップに入れてレンジであたためる。その中に、メイプルシロップとブランデーを垂らした。

　ふわふわと、真っ白なミルクから真っ白な湯気が立ちのぼる。それは、ひとりきりの冷たい部屋の中に広がっていく。まるで、私を包み込むように。

　こんな日もある。高く高く舞い上がって、その反動で地面にめり込むほどに落ちる気分の日。そんなときもある。

　だからきっと、明日にはまた笑えるだろう。

　こくりとミルクを口に含んで体内に流し込むと、優しい甘さが荒んだ心に染み渡る。

　こんな日もあるから、今日はゆっくり眠って終わらせるのがいい。

　ほっと息を吐き出すと、真紀に会いたくなった。

　ちっとも優しくない真紀の態度を思い出し、真紀らしい対応だったなと思う。でも、心なしいつもよりも私の様子を窺っていたような気がしないでもない。

　普段の真紀なら、私が落ち込んでいても、マイペースに過ごしていた。なのに、今日は私の愚痴になんらかの反応を見せていた、ような。

　私の気分をどうにか変えようとしてくれていたのかも、とも思えてくる。

　あの瞬間はなにも気付かなかったのに、どうして今になってそう思うのか不思議だ。

「なんにせよ、真紀にとっても、今日は最悪の日になっただろうな」

それは、間違いなく私のせいだ。

――『真紀となら一緒にいてもいいなと思ってるし』

何気なく言った、けれど本心から出てきた自分の台詞を思い出す。

真紀はひとを慰めたり宥めたりすることが苦手なのだ。自分自身が他人にそれを求めないからか、どうすればいいのかわからないのだろう。その結果、辛辣な言葉を選んでしまう不器用なところがある。

私が一緒にいたいと思っているのはそういう真紀だ。

そして、そんな真紀も同じように私を想ってくれている、と思う。

真紀のことを考えると、視界がクリアになっていく。

「……寝る前に、真紀に電話しようかな」

そして、ちゃんと謝ろう。あと、ありがとう、と言ってもいいかもしれない。役に立たないだろうけれど、一度は断ったけれど、やっぱり真紀の物件探しに一緒に行ってもいいか聞いてみよう。真紀が私の意見を求めようとするなんて珍しいことなので、相当悩んでいることがあるのかもしれない。

まだほんの少し、不安は残っている。このまま真紀が怒ったままだったら、最悪の場合、今日で私たちの関係が――と想像すると、寂しさで何もせずに目をつむって眠りたくなる。

でも、真紀はそんなひとじゃない。冷たくっても、優しくなくても、向き合って話をしてくれるひとだ。

……たぶん。

ふ、と笑うように息を吐き出してスマホを手に取った。

こんな日の次の日を、今日よりも少しでもいい日にするために。

私のためにも、真紀のためにも。

今日の私がすべきことは、そういうことだ。

——彼の浮かぶ日

二十九年生きてきて、自分のことはそれなりに理解している。自分とまったく考えの違うひとに対してなかなか共感ができないこととか、沸点が低めなこととか、怒っているわけではないが口と言葉が悪いせいで相手を萎縮させてしまうこととか。これはもう、性格というよりも性質だ。どうにかしようと、した方がいいと思って多少改善させてきたけれど、これ以上はどうにもならない。それが、俺だ。

他人をコントロールするのは無理だと知っている。でも、自分をコントロールすることだって至難の業だ。

「……あーもう。なんで今日に限って」

家に帰ってきてどさりとベッドに倒れ込んだ。寝転んだままコートを脱いで上着も放り投げる。シワになろうと知ったこっちゃない。というかどうでもいい。どうにでもなれ。

椎菜の部屋と同じくらいの広さだというのに、俺の家はどうも狭く感じる。それは、俺が片付けをそれほどできないことと、物の多さが原因だ。ゴミが散らかっている、ということはないけれど、出したものをそのままにする癖があり、椎菜が俺の家に来るといつも部屋の片付けから始める。

椎菜と付き合う前に比べたらこれでもかなりマシになったし、今なら椎菜も気にせず家に来られると思うのだけれど、最近は俺が行くばかりだ。電車で二駅しか離れていないというのに。

「まあいいけど」

はあーっとため息をついてごろりと寝返りを打つ。枕に顔を埋めて目を瞑り、気持ちを落ち着かせた。

別に俺が行けばいいだけのことだ。

最近では椎菜の家でもなんの不自由もない。Yシャツの替えもあるし、ネクタイもいくつかある。下着も肌着も靴下も寝るときのためのスウェットもある。なんなら私服も二日くらい過ごせるくらいは置かれている。

ゲームをするときは自宅に帰ればいい。ポータブルゲーム機は持ち歩いている。音楽や映画は椎菜の家でも問題ない。どうしても自宅にいたいときは、そうすればいい。椎菜はそのことに対してなにも言わない。

そんなふうに付き合えたのは、椎菜だけだ。

椎菜といるのは、楽だ。そう言うと、友人には「楽って都合がいいってことじゃねえの」と呆れられたけれど、そうではない。楽、というのは、無理をしないでいい、ということだ。そしてそれは、俺にとってなによりも重要な部分なのだ。

俺は、俺を変えられない。仕事や友人関係ではまったくそんなことないのに、〝彼女〟に対してだけは、相手に合わせることに負担を感じる。

いつ出かけるとか、こうしなければならないとか、決まった対応を求められているような気がしてくるのだ。プライベートな時間だというのに、自分のしたいようにできないのが、どうしても苦痛になる。休日にやりたくないことをしなくちゃいけないなんて、嫌で仕方がない。目的のないウインドウショッピングなんてもってのほかだ。夜景や花火やイルミネーションを見に人混みに行くなんて苦行でしかない。面白くもない話に耳を傾け、興味のない化粧やネイルや服装にいちいち反応しなければいけないのも意味がわからない。

「ああもう、面倒くせえなあ」

ぼやいてから腰を上げる。頭をガリガリとかいて、風呂でも入ろうかと考えていると、スマートウォッチがぶるりと震えてメッセージの受信を知らせてきた。椎菜からかと思えば、地元の友人だ。内容を確認するために放り投げた上着を手繰り寄せてポケットからスマホを取り出す。

『夏に結婚式するから、予定空けといて』

短い用件だけのメッセージに、つい「ああ、決まったんか」と呟いた。

『プロポーズうまくいったんだな』

そう返事をすると、『遅刻しかけて焦ったけどな！』と届く。

二か月ほど前、地元の友人たちと集まったときに、彼女の誕生日にプロポーズをするつもりだと言っていた。ホテルのディナーを予約して、プレゼントと指輪まで用意したのだとか。サプライズにするのだと言って、彼女の友人に協力を頼み、待ち合わせ日時に車に乗せてホテルまで連れてきてもらうんだと自慢げに言っていたのを覚えている。

よくやるな、というのが俺の感想だった。

『真紀も彼女を大事にしろよ。お前みたいな奴と付き合ってくれる彼女は貴重だぞ』

ほっとけ、と思うと同時に、たしかにな、と思う。

学生時代は多少なりとも俺も彼氏らしい振る舞いをしなければいけないのだと思っていたけれど、いつも急になにもかもが面倒になってやめてしまう。そのまま俺から別れを告げたときもあるし、そんな俺の態度に彼女が見切りをつけたこともある。

そんなふうに、なにもかもを放り出して、うんざりした気持ちになるときがある。気分が晴れなくてむしゃくしゃするときもある。どれだけ彼女のために彼氏らしくしようと思っても、同じことを繰り返した。

その結果、俺はこういう性格なんだと受けいれて彼氏らしい振る舞いを諦めた。そもそも、付き合わなければ俺は俺をコントロールできる。相手に不愉快な思いをさせることもない。ならもう、俺は誰とも付き合わない方がいいな、と三年ほどひとりで気楽に過ごしていた。そんなときに会ったのが椎菜だ。

話しやすい女性だと思った。なんとなくまた会って話すのもいいなと感じて、それを繰り返しているうちに、気がつけば付き合いが始まっていた。

椎菜は、これまで付き合った彼女とは違う。同じ部屋にいても椎菜は椎菜で本を読んだりドラマを観たりと好きなように過ごすので、俺も好きなように過ごせる。行きたくないデートは嫌だと言えば、じゃあ友達と行くか、と言い、約束をしようとしてきたときに先の予定はわかんねえ、と言えば、また直前に聞くわ、とあっさり引き下がる。

椎菜は、俺に期待をしていないのだ。

だからなのか、椎菜は俺がいなくてもそれなりに楽しく、今と変わらず自分らしく過ごせるだろうと思う。

そんな椎菜だから、俺は椎菜といるのが楽だ。

お互いに自分のことは自分でできる。椎菜に俺の世話をしてほしいとは微塵も思わない。掃除や料理だって、やりたくないならしなくていい。俺だって最低限のことはできるし、なんならこの世にはコンビニやスーパー、出前など便利なものがあふれている。俺の汚い部屋でいいなら、なにもせずにふたりでごろごろして過ごすのも俺はいいと思う。

椎菜からまったく連絡の届かないスマホをベッドに放り投げて、スマートウォッチも外した。彼女からなんの連絡もないことを気にしている自分が惨めに思えて立ち上がる。気を紛らわせるためになにかをしよう、と思うけれど、ゲームをする気分ではないのでＰＣで音楽を流す。着替えればいいのに、なぜか乱れたスーツ姿のままぼんやりと突っ立ったままでいた。

今頃、椎菜はなにをしているだろう。

凹んでいた椎菜を慰めれば済む話だったのはわかっている。落ち込んでいる相手に怒って出ていくなんて、冷たいと思われても仕方がない。でも原因をはっきりと口にしないので、なんて言えばいいのかさっぱりわからなかったのだ。なにもわからないまま適当に慰めるなんて、俺にはできない。そんなことされても俺は嬉しくないし、むしろ適当なこと言ってんじゃねえよ、と思う。

「……適当でも言った方が良かったのかなあ」

そんなふうに考えた自分に自分で驚く。

ふと窓の外を見る。レースのカーテンしかつけていないうえに閉めてもいないので、窓ガラスには俺の姿が映っていた。

不機嫌な顔だ。

自分勝手であることは自覚している。

今日は、俺にしては、緊張していた日だったのだ。

椎菜なら受け入れてくれるんじゃないかと思ってはいたけれど、絶対ではないから。

——どうせなら、一緒に暮らさないか。

そう伝えるつもりだった。

マンションの契約更新の時期が近付き、この際椎菜と暮らすのもいいなと思った。かといって、椎菜の家はワンルームマンションだ。ふたりで暮らすにはさすがに狭い。ならば、それなりの広さのある部屋を一緒に探してみたらどうだろう、と。

サプライズでプロポーズした友人に比べたら、今日の俺の勇気はささやかすぎるものだろう。サプライズでもなければプロポーズでもなく、断られたらそれはそれで受け入れるつもりもあった。その場合でも、別れることにはならないという確信はしていた。

結婚はまだ、想像ができない。

椎菜も結婚したいそぶりは見せないので、あまり興味がないかもしれない。

どっちにしても、一緒に暮らすことが先だ。

そう思うくらい、俺にとって椎菜は特別な相手だ。

椎菜以外にそんなふうに思えるようなひとはいないだろう。

「なんでよりによって今日なんだよ」

舌打ちまじりに呟いて、ガラスにごつんと額をぶつける。

ごくたまーに今日のような日が椎菜にあるのは知っていて、そういう日はそっとしておくことにしている。殊更優しい言葉をかける、ことはないけれど、ふんふんそうだなと相槌を打つだけでいいことを知っている。俺は自分勝手ではあるけれど、そのくらいは何度かしたことだ。

なのに今日は、できなかった。

「わかってるんだけど」

椎菜は落ち込んでいた。

そんな椎菜に怒る自分は我慢のできない子どもだ。

俺だって一応、しばらくはそうならないように努めた。心を落ち着かせるためにコーヒーをいれたり、さりげなく話題を変えて引っ越しの話をしたりした。というのに、ひとりで行けば、というようなことを言われたのだ。まったく興味がなかった。というかそれどころじゃないと思っていたのだろう。

おまけに、嫌なら帰れば、と言われるとは。あの言葉はひどくないか。怒っても仕方ないだろ。ああ、思い出すとまたむしゃくしゃする。

いやわかってる、わかってるんだ。

俺は怒っているわけではなく、拗ねているということも。

そしてそれを椎菜にぶつけるのが間違っているということも。

「……結局椎菜と一緒だな」

落ち込んでいても仕方ないと思いながら落ち込み続けた椎菜。

自分がだめだと思いつつ行動に移して、こうして言い訳を繰り返す自分。

わかっているのに、どうしようもない。


——そう、たまにこういう日もある。


俺にしては緊張していたから。椎菜が驚いて、できれば喜んで頷いてくれたらいいと想像していたから。自信があったわけではないけれど、そんな椎菜を無意識に思い浮かべて、若干浮かれていたのかもしれない。

その反動で、椎菜の反応に思いのほか俺の気分が沈んでしまったのだ。

椎菜はこういう日、いつもどうしていただろう。

ぼーっとして、ぽつぽつと愚痴をこぼし、いつもよりも早めに寝ていたっけ。そういうときだけは「真紀ももう寝よう」と俺も巻き込んできたのを思い出す。そして、布団の中で俺の腕を抱きしめてすぐに眠りにつく。

でも今日は、ひとりとひとりだ。

お互いに気持ちを沈ませているというのに。

視線を部屋の中に戻して、ぐるりと見回す。

空気の入れ替えをあまりしていないせいか、いつもよりも重いものが漂っているように感じた。

入れ替えなければいけない。

洗い流さないといけない。

こんな日もある。予想だにしなかったことに思いのほか衝撃を受けてすべてを遮断したくなるとき。そんなときもある。

ただ、そのうちどうにかなるだろう。寝て起きれば大体のことはなんとかなるし、なんとかしなきゃいけないと思うものだ。

だからって、それでいいわけではない。

「……ああ、もう！」

部屋の時計を確認し、床に投げ捨てられている上着とコートを掴む。今なら最終電車に間に合うだろう。

なんでこんな気分になるのか自分でわからない。これまでの自分には想像もできない行動だ。

鞄を手にして外に出て、スマホもスマートウォッチも忘れてきたことを思い出す。取りに戻ろうかと思ったが、電車に間に合わないかもしれないのでそのまま駅に向かう。一日くらいなんとでもなるだろう。

地面を蹴って、駆ける。

こんな日もある。

普段なら絶対しないようなことをしてしまう、そんな日があってもいいだろう。時間が過ぎれば解決することであったとしても、それを待てないときがある。

今日よりも少しでもいい日にするために。俺にとっても椎菜にとっても。

今日の俺は、そういう日だ。

上着もコートも羽織らないままでいたことに気付いたのは、椎菜の住むマンションの前に着いてからだった。息が乱れて、体が熱い。なんとか呼吸を整えてから、椎菜の部屋番号を押して呼び出した。

俺と椎菜の今日は、できれば笑って終わる、そんな日であるといい。

もうおそろいだなんて言えないや。

梶ゆいな

ふたりおそろいで購入したスニーカー。
だけどもう、おそろいだなんて言えないや。

◇Side:心春《こはる》◇

今朝、ニュース内でお天気コーナーを務める女性がこう言った。「今日は一日晴天が続き、洗濯日和になるでしょう」と。

それなのに私は今、ひとり土砂降りの雨の中を歩いている。

突然の雨に店先で雨宿りをするカップル、鞄を雨避けにして走るサラリーマン。留まる人と急ぐ人。

私がそのどちらにも当てはまらないのは「返さなくていいから」と言って渡された傘があるからだ。

しかし、それ一本で頭からつま先までを完璧に守れるわけではない。

履き古したスニーカーは簡単に雨水の侵入を許し、あっという間に靴下、そして足までをも濡らした。まるで重りのようになったそれは一年前、彼とおそろいで購入したものだ。


「……結局、言えずに終わっちゃったな」

色、形、デザイン。改めて見てみても、やっぱり私の好みとは程遠い。

それでも購入を決めたのは、彼と同じものを身に着けたかったから。

私はそのことを最後まで彼に伝えられなかった。

＊

「私、舜《しゅん》のことが好きなの。だから、その……今、彼女がいないなら私なんてどうですか？　まずはお試しからでもいいので！」

高二の春、ずっと友達として過ごしてきた舜に想いを告げた。

常に彼女が途切れない彼と、これまで恋愛経験なんて一度もなかった私。あまりにも不格好な告白を彼は笑って受け入れてくれた。

「いいよ。付き合う？　俺も心春のこといいなと思ってるから」そう言って。

それから手を繋ぐまでに二日。キスをするまでに一週間。舜の口から「好き」だという言葉が聞けたのは二か月後。

どうせすぐ別れるだろう。そんな風に言われていた私たちの関係は、高校を卒業して別々の大学に進学してからも変わらず続いていた。

だけれど、ふたりの間には徐々に溝が生じ始める。

「舜って来週の土曜日バイト休みだったよね。泊まりに行ってもいい？」

「ごめん。その日は三橋《みはし》先輩に誘われてるから」

「次の週は？」

「あー、その日も三橋先輩と……」

「そっか。じゃあ、また空いてる日があったら教えて」

「わかった」

通話を終えたあと〝舜〟と表示された画面を見ながらため息をこぼす。

大学に入学してから一年。同じような会話を何度繰り返しただろうか。

舜の交友関係の広さは友達だった頃からよく知っていたし、誰とでも仲良くなれるところが彼の魅力のひとつでもあった。

だから、そこに口を出すつもりはないけれど、約束すらできない日々が続くと不安にもなる。


「次、いつ会えるのかな」

聞きたくても、聞けない言葉。

そんなことを言えばわがままだと思われるかもしれない。愛想を尽かされてしまうかもしれない。

そんな、かもしれないという言葉を並べて本日二度目のため息をこぼす。

同じ大学に進学を決めていれば、こんなことにはならなかったのだろうか。

今度は、たられば。最近、お決まりのコース。

そして、最後には決まって楽しかった思い出ばかりを振り返るようになっていた。

まだ、大丈夫。まだ、続けられると自己暗示を繰り返す。


そんな日々を過ごすこと一か月。

久しぶりに予定が合った私たちは二か月ぶりにデートへと出かけた。

その途中、ふらっと寄った靴屋さんで彼が一足のスニーカーを指差す。

「これ、買おうかな」

ちょうど目線の高さに置いてあったそれは、舜が高校生の頃からよく履いていたブランドの新商品だった。

キャンバス地のローカット。色は靴紐やブランドのロゴまで全て白で統一されていて、シンプルなものを好む彼がいかにも好きそうなデザインだ。

私なら多分、選ばない。そんな風に思ってしまうのは、私と彼の趣味が合わないから。

「舜っぽいんじゃない」

「じゃあ、これにするわ」

「あっ、それってレディースもあるんだ。それなら私も同じの買っちゃおうかな?」

彼が気に入ったスニーカーの下には、同じデザインの一回り小さいものが飾られていた。

昔からおそろいのものを嫌う彼。どうせ断られる。そう思って期待はせずに言ってみた。

しかし、意外にも「いいじゃん」と好反応が返ってきて、私は浮かれて購入を決めたのだ。

帰宅後、箱から出したスニーカーを見て思わずこぼれた本音。

「本当、私たちのセンスって合わないな」

他の靴と並べてみても、見事にその一足だけが浮いている。

そんな光景を目にしながらもしきりに頬が緩むのは、久しぶりのデートと一緒に購入したおそろいのスニーカーが嬉しかったから。

彼とおそろいのものが持てるなら、自分の好みなんて二の次だった。


だけれど、喜びで満ちあふれていたのは私だけだったと知る。

おそろいのスニーカーを履くのはいつも私ひとり。

デートへ行くときも、近所のスーパーで買い物をするときも。

それでも、私は諦めずに履き続けた。

もしかしたら、今日は履いてきてくれるかもしれない。そんな淡い期待を抱いて。

しかし、一か月、二か月、三か月。半年経っても私の願いは届かない。

彼の家を訪れたとき、そのスニーカーは玄関にさえも置かれていなかった。


「もしかして、本当はおそろいで買うの嫌だった？」

私はそれがどうしても聞けなかった。

なぜなら、彼の返事を聞くのが怖かったから。

可笑しいね。友達だった頃はなんでも言い合えた。

付き合い始めてからは相手の考えていることがよくわかるようになった。

それなのに交際して四年。今は彼の気持ちが見えなくなった。彼を好きなことは今でも変わらない。

でも、いつの間にかその想いよりも、虚しさのほうが大きくなってしまったのだ。

それに気付いたとき、もう過去のようには戻れないということを悟った。

◆Side:舜◆

今朝、お天気アプリをチェックするとそこには太陽のマークがひとつ。隣に表示されていた降水確率は零％で「今日は一日晴天。洗濯物◎」と書かれていた。

その言葉を信じて朝から洗濯機を回し、タオルも服も全部ベランダに干した。

それなのに、外は土砂降りの雨。どこを探しても太陽なんて見当たらない。

もう一回、洗わないといけなくなったとか、その前に取り込むのが先だとか。頭の中は至って冷静なのに、体は鉛のように重く動かない。

こんなことになるなら、洗濯物なんか溜めておけば良かった。

だけれど、今日は目を覚ましてからずっと体を動かしておかないと、どうにかなりそうだったんだ。


「……結局、言えずに終わったな」

クローゼットを見ながら口にしたその言葉はひとりになった部屋に虚しく響く。

目的が違うとこんなにも体は簡単に動くんだなと思いながら、俺は目の前の扉を開いた。

そして、奥にしまわれていた箱をそっと手に取る。中には新品のスニーカー。それは初めて彼女と購入したおそろいのものだった。

色、形、デザイン。自分の好みど真ん中。

それなのに履いて出かけたことは一度もない。

でも、ずっと大切にしていたんだ。俺はそのことを最後まで彼女に伝えられなかった。

＊

一時間前、四年間交際していた彼女から別れを切り出された。

今日、会いたいと言ってきたのは彼女の方。俺はなんだか悪い予感がして、朝から落ち着かなかった。

曖昧なことを言わない彼女が何度も『会って話したいことがある』それだけをメッセージに送ってきていたからだ。いつもならそこには必ず用件が添えられてある。

言いにくいことなのか、それとも会って話さないといけないことなのか。どちらにせよ、良い話ではないのだろう。

現に彼女は今日、うちに来てから一度も笑顔を見せていないのだから。

「舜あのさ」

「ん？　てか、今日すげー晴れてるな。買い物にでも出かける？」

「ううん。今日は話したいことがあって来たから」

「……それ、今聞かなきゃいけない話？」

「うん。舜は勘がいいからもう気付いてるかもしれないけど……」

ああ、いいよ。嫌になるくらい。いつもより少しだけ鼻声なことも、何度も瞬きをする仕草にも気付いている。

そして、なにか覚悟を決めているような真っ直ぐなその瞳にも。ずっと気付いた上で目をそらし続けていた。

だけどいよいよ、タイムリミットがきたようだ。


「私もう舜とは一緒にいられない。……別れたい」

彼女から告げられたのは俺が予想していた通りの言葉だった。

「もしかして最近、会えなかったのが原因とか？　俺のせい？」

「違う、私がしんどくなっちゃったの。不安とか寂しさとか、そういう感情を持ち続けることに」

それって結局、俺のせいじゃん。だけど、心春は絶対にそうだとは言わない。

彼女が人を責めているところを、俺は一度だって見たことがないからだ。

「そんな気持ちにさせてごめん。その決断は俺が頑張ることで覆る？」

その言葉に彼女は黙り込む。きっと、それが答えだ。

今までの埋め合わせをすれば彼女の気持ちが戻ってくる。そんな単純な話ではない。

わかってはいたけれど、確認せずにはいられなかった。

絞り出したような声で「ごめんね」と言う彼女に、今度は俺の方が黙り込んだ。


それからどのくらい時間が経ったのだろうか。

雲ひとつなかった空が嘘のように暗くなり、大粒の雨を降らせた。

晴天と書いてあったのに。そんなことを思いながら窓の外を見ると、同じように彼女も外を眺めていた。

そういえば、友達だった頃からなにひとつ意見が合わない俺たちだったけど、雨が嫌いなのは一緒だったな。そんなことを今の今まですっかり忘れていた。

どんなに雨が降っていようと、彼女は嫌な顔ひとつせず俺に会いに来てくれていたからだ。

心春の優しさに甘えきっていた俺が、彼女のためにできることはもうこれしかないのかもしれない。そう考えると彼女への答えはいとも簡単に導き出された。

「……別れようか俺たち」

本当はこんな言葉を口に出したくはない。雨の音にかき消されたらいいのになんて思うよ。

だけど、彼女を楽にしてあげられる方法は、きっとこれしかないんだよな。

俺の言葉に彼女は小さく鼻をすすった。


「じゃあ、私そろそろ行くね」

別れを決めてからたった十分。

帰ろうとする心春に「せめて雨が止むまでいれば？」と言ってみるも、彼女が頷くことはなかった。

「傘持ってないよな。これ使って」

彼女が傘を持っていないことに気付き、一番綺麗なビニール傘を差し出す。

しかし、彼女はそれを受け取ろうとはしない。

「でも、」

……そうか、もう俺たちが会うことはないのか。

「大丈夫、返さなくていいから」

その言葉のあと、ようやく彼女は傘を受け取る。

そして、最後に「今までありがとう。ばいばい」という言葉を残して、彼女は俺のもとを去っていった。

◇Side:心春◇

別れ話の途中、彼は黙り込んだままなにも話さなくなった。

そんなとき、外から聞こえてきたのは激しい雨音。

晴れだって言っていたのに。そんなことを思いながら窓の外を見ると、同じように彼も外を眺めていた。

そういえば、友達の頃からなにひとつ意見が合わない私たちだったけど、雨が嫌いなのは一緒だったね。

でも、舜と出会ってからの雨の日はそんなに嫌いじゃなくなってたんだよ。ふたりでさす傘も、のんびり過ごすおうちデートも好きだったから。

長い沈黙のあと『……別れようか俺たち』と口にした彼。その声は雨の音にかき消されてしまいそうなほど小さなものだった。


『じゃあ、私そろそろ行くね』

別れを決めてからおよそ十分。

立ち上がる私に『せめて雨が止むまでいれば？』と言った彼。

だけれど、私は彼の優しさに首を横へと振った。

『傘持ってないよな。これ使って』

『でも、』

『大丈夫、返さなくていいから』

なにかを察したように彼が言う。

自分から別れを選んだくせに、もう会えないのかと思うと胸が締め付けられた。

『今までありがとう。ばいばい』


駅に着くと明るい照明がボロボロになったスニーカーを照らす。

これじゃあ、もう彼のとおそろいには見えないや。……って、そんなことを気にする必要はなくなったんだね。


帰宅後、玄関で改めてスニーカーを見つめてみる。

照明の明るさ違いか、それともまだ消えない想いがあるからだろうか。

瞳に映るそれはまだ履けるような気がして、それと同時に彼との関係もまだまだ頑張れたんじゃないかと思ってしまう。私がもっと強ければって。

「なんてもう無理か」

そうやって誤魔化し続けて辿り着いたのが今だ。もう余力はない。玄関でしゃがみ込むようにして崩れ落ちたのがその証拠だ。

我慢していた涙は粒になってスニーカーへと落ちる。ぽと、ぽと、ぽとり。いくつもの音を奏でて。

もうたくさんの雨水を吸い込んだはずのそれは、私の悲しみも余すことなく受け入れてくれた。

「ほんと、別れづらくなっちゃうよ」


冷え切った体を湯船であたためたあと、私はある重大なことを思い出した。さっき別れを決めたスニーカーとは別に、大切にしまってあった空箱のことだ。

決意が揺らぐ前に一緒に処分しないと。クローゼットの奥の奥。

大切にしまわれていたスニーカーの箱。

その空箱の中から包装紙を取り出したとき、長方形の紙がひらりと床へ舞い落ちた。

「ん？　なんだろう」

それがメッセージカードだと気付いたのは手に取ったあと。

スニーカーを買ったお店のロゴに、見慣れた字。数行に渡る文章は舜によって書かれたものだった。

『最近、心春に甘えてばっかでごめん。おそろいのスニーカー大切にする。P.S.卒業したら一緒に住むのはどうですか？　まずはお試しからでもいいんで。』

私の告白の言葉を引用して書かれたそのメッセージは紛れもなく彼の字なのに、どれも初めて聞く話だった。

「いつ書いたんだろう……」

箱はずっとしまったままだったから気付かなかった。

こんな大切なことを口ではなく、メッセージカードで伝えようとするところが彼らしい。

包装紙の下にしまうところも、それを最後まで教えてくれないところも——。

出会った頃から私と彼はまったく意見が合わなかった。好きな曲も食べ物も、行きたい場所も観たい映画も。

『心春、今度激辛ラーメン食べに行かねぇ？』

『あー私、辛いものだめなんだよね』

『じゃあ部活の奴らと行ってくるわ。それにしても、俺らってまじで好きなものかぶんないよな』

『だよね。ちなみに、一番好きな食べ物は？　私はオムライス』

『俺は焼き肉』

『うーん。じゃあさ、好きなものは最初に食べる派？　それとも最後に食べる派？』

『最後。大事に取っておきたくね？』

『私は最初。一番美味しいタイミングで食べたいから』


本当、笑っちゃうくらい。

私ならメッセージカードは一番目立つところに置くよ。気付いてもらえるようにヒントも出すよ。だけど、そうじゃないのが舜だった。

本当、最後まで合わないふたりだったね。だからこそもっと、会話が必要だった。

そんなことに、ようやく気付くなんて馬鹿だよね。

でも、最後に舜の想いを知れたことは決して無駄なんかじゃなかったと思うんだ。

舜と出会ってから五年。交際してからは四年。その時間は私にとって本当にかけがえのないもので、ずっと続くと思っていた。

舜のいない未来と向き合うのには、まだ少し時間がかかるかもしれないけれど私は前を向くよ。そうだな、まずは自分好みのスニーカーでも選びに行ってみようかな。

そして、一歩ずつ歩きだす。

いつの日か彼と過ごした日々を大切な思い出として振り返れるように——。

◆Side:舜◆

もうおそろいではなくなったスニーカーを他の靴と並べながら、あの日のことを思い出す。

一年前、デートの途中にふらっと寄った靴屋で見つけたのは俺好みのスニーカー。

購入を決めた俺の横で彼女はこう言った。

『あっ、それってレディースもあるんだ。それなら私も同じの買っちゃおうかな？』

と少しだけ俺の顔色を窺って。

なぜなら、おそろいのものを身に着けるという行動に俺が抵抗を感じていることを彼女は知っていたからだ。わざわざカップルコーデなんてものをする意味がわからない。

そんなことをしなくたって付き合っていることに変わりはないし、身に着けるものなら尚更、自分の好みで選んだ方が良いだろう。あと、単純に浮かれているようで恥ずかしい。今まで交際した相手には、そうはっきりと伝えてきた。

だけれど、目の前にいる彼女の言葉には「いいじゃん」と口にしている自分がいた。

というか、心春が白のスニーカーを欲しがるなんて意外だな。

俺と彼女はあまり趣味が合わず、お互い一度も同じものを欲しがったことはない。

だから正直、彼女が俺と同じスニーカーを欲しがるのに驚いた。それから、俺がおそろいをあっさりと受け入れていることにも。

「二足で10％ＯＦＦらしいから、一緒に会計してくるわ」

「ありがとう。じゃあ、あとでお金渡すね」

彼女をその場へと残して、スニーカーをレジへと持っていく。


「箱はどうされますか？」

「持ち帰ります」

「かしこまりました。ちなみに今、ペアの靴を購入されたお客様向けにキャンペーンを行っておりまして、よろしければこちらお書きになりませんか？」そう言って手渡されたのはメッセージカード。

「ご一緒に包ませていただきます」

「ああ、じゃあ……。ありがとうございます」

自分の気持ちを言葉にするのは苦手だ。それは文字にしても同じことで、付き合ってから手紙なんて一度も書いたことがない。もらったのはいいけど、なんて書くかな。

カードを前にして少し考えたあと、俺は今一番伝えたいこと書き綴った。

高二の春、彼女からの可愛らしい告白の言葉を思い出しながら。

「あの、これ一番底に入れてもらってもいいですか。スニーカーを包んである紙の下に」

「か……しこまりました」

店員のお姉さんは一瞬、不思議そうな顔をしたけれど、俺の言う通りの場所にカードをしまってくれた。


それから、彼女は会うたびに一緒に購入したスニーカーを履いていた。

デートへ行くときも、近所のスーパーで買い物をするときも。

一方、俺はというと購入してからずっとクローゼットの中へとしまったまま。

彼女と初めて買ったものを、綺麗なまま置いておきたかったからだ。

あんなにおそろいのものを嫌っていた俺が、そんな気持ちになるなんて思わなかった。

だけれど、玄関で他の靴と並べたときに、いつかこんな風に汚れてしまうと思うと、なかなか履く気になれなかったのだ。

リビングへ戻ると、タイミングよく着信を知らせる音が鳴り響いた。

淡い期待をしながら急いでスマホを手に取るが、表示されていた名前を見て思わず肩を落とす。

「あ、もしもし三橋先輩。昨年紹介してもらったバイトですか？　あー……、今年は大丈夫です。お金を貯める目的がなくなったっていうか。また、連絡します」

大学に入学してから俺は、よく三橋先輩に短期のバイトを紹介してもらっていた。それは卒業と同時に彼女との同棲を考えていたからだ。けれど、彼女はそのことを知らない。直接、口にしたことがないのだから当たり前だ。

今日までの間に彼女からメッセージカードの話が出たことはない。

自分の口から伝えるのは気恥ずかしい。そんな理由であんな小細工をしたことを今更ながら後悔する。

結局、時間が経てば経つほど言い出せなくなり、伝えられないまま俺たちは別れることになった。彼女ならきっと、あんなやり方はしなかっただろう。

出会った頃から俺と彼女はまったく意見が合わなかった。好きな曲も食べ物も、行きたい場所も観たい映画も。

『舜、今度映画観に行こうよ』

『え、やだよ。恋愛映画だろ？　俺はアクション映画にしか興味ないから』

『えー。もう本当、私たちって趣味合わないよね。お互い漫画は読むけど舜はバトル漫画ばっかりだし』

『心春は少女漫画しか読まないよな。日頃から夢見がちだし、プロポーズは夜景の見えるレストランとか期待してんの？』

『もちろん！　だけど、舜はそういうの苦手でしょ？』

『正解。あと毎月記念日祝うのとか、カップルコーデとかも苦手だわ』

『そうだと思った。私は好きだけど……』


本当、笑えるくらい。

当時は彼女との意見はやっぱり合わないなと思ったくらいで、その話について深く掘り下げることはなかった。そんな遠い記憶を思い出しながら、俺は笑えない答えに辿り着く。

俺が欲しいと言ったスニーカーを彼女は本当に欲しかったのだろうか。なにか別の目的があって選んだのではないのだろうか。

まず色からして、彼女の好みではなかったはずだ。

あのスニーカーを買う前に心春が履いていた靴はどれも彼女に似合っていたけれど、俺には良さがわからなかった。

それなのに彼女がわざわざあのスニーカーを選んだ理由。ずっと履き続けていた理由は俺と同じものを持つことが目的だったから……？

そう考えると全てにおいて納得がいく。だとしたら、彼女は今までどんな気持ちであのスニーカーを履いていたのだろうか。

さっき見た彼女のスニーカーは色も形も俺が持っているものとは違って見えた。


今更、履いたってもうおそろいになんて見えないな。……って、それ以前に彼女と並んで歩く日は二度と来ないのか。その事実に胸が苦しくなり、ドサリと音を立てながらソファへと倒れ込む。そして、天井を見上げて小さなため息をこぼした。

ゆっくりと下ろした瞼の裏には当然のように彼女の姿が思い浮かぶ。

俺が本当に大切にしなければいけなかったのは、スニーカーなんかじゃなくて彼女の気持ちだった。

そんなことに、ようやく気付くなんて馬鹿だよな。

でも、最後に心春の想いを知れたことは決して無駄なんかじゃなかったと思うんだ。

彼女と出会ってから五年。交際してからは四年。その時間は俺にとって本当にかけがえのないもので、ずっと続くと思っていた。

心春のいない未来と向き合うのには、まだ少し時間がかかるかもしれないけれど俺も前を向くよ。そうだな、まずはおそろいだったスニーカーでも履いてみるか。

そして、一歩ずつ歩きだす。

いつの日か彼女と過ごした日々を大切な思い出として振り返れるように――。

涙、取り消し線

金犀

男女が別れる一日。

それは淡々と、季節が流れるように過ぎていく。
決して劇的ではなく、少しだけ残酷に。

数学の授業を受けているとき。

先生が大きな三角定規を持って黒板に図を描いていて、周りでは級友が気だるそうにノートに写し、窓の外からは体育の授業を受けている楽しそうな声が聞こえる。そんな中、私、泉文美《いずみふみ》の教科書の裏には山崎一颯《やまざきいぶき》と名前が書かれている。

おそろいのものを身につける勇気のなかったふたりだったけれど、それでも繫がっていると思える控え目な主張。クラスメートの誰にも、もちろん先生にもバレていない。交換した教科書を眺めていられるというだけで、得意ではないはずの数学の授業が密かな楽しみになっていた。

「今日は加法定理ですね。任意の実数α、βに対して――」

先生が丁寧に解説しているのを聞き流していると、一颯の教科書に落書きを見つける。数学というよりすっかり英語じみた三角関数の公式、αとβの囲われた中が薄く塗りつぶされていた。頭の良い一颯もこんなことをするんだ、と誰も知らない彼の一部を覗き見たようで少し嬉しくなった。

一颯は今なんの授業を受けているのだろうか。誰のことを考えている？

私はにやけそうになる口角を必死に抑えて、その落書きをそっと撫でた。

＊

『教科書どうすればいい？』

スマホの画面が光り一颯の名前が現れたとき、思わず目を背けた。今まさに忘れようとして思い出していた名前だったから。忘れるために思い出している自分が馬鹿みたいだったし、連絡が来たら一瞬心躍った自分に許せなくて、私は顔をしかめた。

連続してメッセージが届く。

『サブスクの名義も』

一颯は終わらせようとしている。そう感じた。

高校を卒業したのが半年前。別れたのがひと月前。それだけ時間が経っても、二年近く付き合った男女は思ったよりも複雑に交わっていて、言葉ひとつで断ち切れる関係ではなかった。時間が経てば消えてなくなるものでもなかった。

捨てられないプレゼントとどこにいてもよぎる思い出、おそろいで買った服やアクセサリーの片割れは私の部屋にいくつも残っている。そんな私たちの関係は宙ぶらりんで中途半端だった。

その状態で前に進めないこともなかったけれど、というより普通はその状態で前に進むものだけれど、一颯はちゃんと終わらせようとしている。まじめな性格ゆえかもしれないし、すでに新しい恋に走りだしているのかもしれない。

『取りに行く。今から家行ってもいい？』

『わかった』

一颯からはすぐに返信が来た。飾りっ気のないとてもシンプルな返信。返信の早さも文面も付き合っているときとは別人のようだった。まるでそれ以上のやりとりを拒絶しているようにすら感じた。

私から言っておきながら、一颯の家に行くのが少し怖いと思った。最後に行ったのはひと月前の別れたあの日。もうあの日に戻ることはできないし、戻りたいとも思わない。けれど、通い慣れたあの部屋に行けば、『また』とか『もう一度』とか思ってしまいそうで怖かった。

ひと月という時間は吹っ切れるには短すぎて、そんなに強くないことは私自身が一番よくわかっていた。

ベッドの下の、一番奥の段ボール、その一番下。封印するかのように仕舞われた『山崎一颯』の教科書を引っ張り出した。αとβが塗りつぶされた数学の教科書。

これを渡せば、一颯を思い出すことはなくなるのかな。

久々に来た一颯の部屋は、少しだけ居心地悪く感じた。

入ってすぐ左手には学習机があり、それに接するように本棚が並んでいる。本棚には小説好きな彼らしく、文庫本がぎっちりと詰まっている。いつのことだったか、本棚を入れ替えて間違い探しをするというゲームに熱中したことがあった。活字に触れない私が作家の名前をある程度知っているのはそのおかげだ。中央には客がやってきたときだけ出すというローテーブル、奥にはシックな色みのベッド。変わったところと言えば、机の上の教科書が私の知らない専門性の高いものになっていたことくらいだった。

それでも私は、夏休み明けの教室から私の席だけ見つからないときのように、入った部屋のどこに座ればいいかわからなかった。付き合っていたときなら、なにも考えずにベッドに腰かけていただろう。決まって私の場所はそこだったから。けれど今の私に席なんてないような気がして、部屋の奥まで進むことをためらった。

結局私はテーブルのそば、扉から近いところに怖々と腰を下ろした。

いつもならクルクル回る学習チェアに座るはずの一颯も私の対面についた。

ふたりが座ってもしばらくはどちらも口を開かなかった。

沈黙を破るように、「なんか飲む?」と立ち上がりかけた一颯に私は首を振った。なにも言わずに教科書を差し出すと、一颯も重く頷いて学習机から教科書を持ってきた。名前を確認するとしっかりと『泉文美』と書かれていた。

「折り目とかついてたらごめん」

「別にいいよ。教科書なんてもう使わないんだから」

気を張っているのが言葉にうつる。少し冷たさを感じたかもしれないと思って一颯を見ると、視線を教科書に落としていて今どんな表情をしているのか読み取ることはできなかった。

カーテンの隙間から差し込む西日が眩しい。

やっぱりなにか持ってくるよ、と言って一颯が部屋を出ていった。

ひとりになった部屋で手持無沙汰になった私は、返してもらったばかりの教科書を開いた。

パラパラ眺めていると、受験期に必死になって覚えた公式がまるで頭に残っていないことに気付く。数学の公式は誰かさんの名前と違って、忘れようとして思い出したことなんてなかった。それが悲しいような嬉しいような。

あんなに難しいと思っていた忘れるということが教科書の中にはたくさん転がっている。

ふと、ページを繰《く》っていた手が止まった。三角関数の英語じみた公式、そこに描かれたαとβ。囲われた中がやはり薄く塗りつぶされていた。その次のページでは8が、その次のページでは0が塗りつぶされている。計という字の言偏の口も。

私は泣きそうになりながら、ゆっくりと撫でた。

「癖、なんだね」

「ん？　なんか言った？」

気付くと、お盆を持った一颯が部屋の中へと戻ってきていた。

「あ、いや。ここ。囲われてる部分塗りつぶすの癖なのかなって」

「あぁ」

一颯は照れたように首元をポリポリと掻いた。

「ごめん、落書き」

「こっちこそごめん。変なこと指摘して」

再び部屋に沈黙が充満して、空気の入れ替えをしているエアコンの音が鳴る。置時計が秒針を刻む音も、グラスの中の氷が崩れてカランと立てる音も、必要以上にふたりの耳に届いた。

沈黙に弱いのは一颯のようで、「どうぞ」とお盆をこちらに少しだけずらす。

「父親がさ、最近出張で海外行ってそこの珍しい紅茶だって」

その口調が言い訳するように聞こえたのはきっと気のせいではない。何十回と来た一颯の部屋でおもてなしを受けたのはこれが初めてだったし、こんなに沈黙が痛かったのも初めてだった。

グラスに手をつけると結露した水滴がひんやりと冷たかった。

いただきますと小声で言って、紅茶を一口飲む。氷が再びカランと鳴った。

「美味しい」

そのとき、私の頬を水分が一滴流れた。

紅茶が零れたのかと思って慌てて拭った。

けれど、また一滴。また一粒。

それは涙だった。

「違うの。違うの」

言い訳するように拭うけれど、涙はとめどなくあふれてきた。

何回も来たこの部屋も今となっては私は『お客さま』で、居場所なんてどこにもなかった。もう彼女ではない私に彼の癖を指摘する権利なんてありはしなかった。

それを実感したとき、彼と別れた事実を目の前に突き付けられたとき、私は涙を止めることができなかった。

付き合っていた当時、私はこの部屋で何度も涙を流した。

テストの結果が悪かったり親友と喧嘩をしたりしたとき、一颯にすがって泣いていた。そのたびに一颯は私が欲しいと思った優しさをくれた。

ときには、なにも言わずずっと背中を撫でてくれた。

ときには、テストの間違えたところを一緒に復習してくれた。

ときには、慰め続けてくれた。
けれど今日の彼はなにもしてくれなかった。
ひたすら涙を流す私を、同じく泣きそうな顔で眺めていた。
涙なんて流したくなかった。
彼がこれまでと違うということを知ってしまうから。
もう慰めてくれる彼も手を添えてくれる彼もどこにもいない。
私を好きだと言ってくれた彼はどこにもいないと知ってしまった。
泣けば泣くほど、泣く理由が見つかってしまうから、私はずっと泣いていた。

＊＊＊

「ねえ、知ってる？　うさぎって寂しくても死なないんだって」

文美が泣いているとき、そう声をかけたことがある。

彼女は本当に泣き虫で些細なことでよく泣いていた。そのときはたしか、悲しい恋愛映画を見たからだったと思う。うさぎのぬいぐるみをとても大切にする少女の初恋を描いた恋愛映画だ。

「寂しくて悲しいときにちゃんと泣ける君が好きだよ」

しばらくして気付いたら安心したように文美は眠っていた。眠っている文美はうさぎみたいにあたたかかった。

文美が僕の目の前で泣くのなら、僕のすべてを与えようと思っていた。

愚痴を聞いてほしいのなら頷きを。

ただ泣いていたいのなら安心を。

慰めてほしいのなら優しさを。

けれど今、涙を流す文美の前で、僕はなにもできないでいた。

彼女が今どうしてほしいのかもわからない。

わかるのは彼女を苦しめているのは僕だということだけ。

彼女のすべてを知ったと思っていた二年近くの月日は、かくも柔く脆かった。

ねえ、知ってる？　涙の総量で一番多いのはもらい泣きなんだよ。

言葉に出さずに呟く。

だけど、今の僕には泣く権利すらないような気がして必死に涙をこらえていた。

こんなにも苦しいのなら、こんなにも彼女を苦しめるくらいなら連絡なんて取らなければ良かった。

文美と別れてからひと月、彼女を思い出さない日はなかった。駅まで歩く道、面白いはずのバラエティ番組、ふたりで過ごした僕の部屋。僕のほとんどすべてと彼女は結びついていた。

だから最後のカードを切った。僕と文美が唯一もう一度会う方法。僕と彼女の最後の繋がり。

それを使ってしまえば、本当に終わってしまうことはわかっていたけれど、それでも僕は彼女にもう一度会うために文美に『教科書どうすればいい？』と連絡を取った。

でも。

目の前で嗚咽する文美を見て思う。

僕はもう彼女を苦しめる存在でしかないのだと。

外はいつの間にか暗くなり始めていた。太陽が沈むと途端に気温が下がり、もう夏ではないことを実感する。多少の肌寒さを感じて、窓を閉める。文美の肩に薄手のカーディガンをかけた。

それは泣いている彼女への優しさではない。カーディガンは元々彼女のもので、勉強会などでウチに来ることが多かったからいつからか僕の部屋のクローゼットにかかっていた。だからそれを返しただけだ、と誰かに言い訳してようやく行動に移せた。

文美がカーディガンを抱き寄せて、涙を振り切るように袖で拭った。

「ごめん」

「いや……」

文美がカーディガン越しに自分を抱きしめるように両腕をさすった。

文美は一口飲んで以降、氷がたっぷり入った紅茶に手を出すことはしなかった。僕にいたっては一口も飲んでいない。氷はいまだに溶け切ってくれない。

永遠にも感じるほどの沈黙があった。けれど時間にすればそれは五分もなかったように思う。今日、何度目かの沈黙。唐突に文美が立ち上がりかけた。

「もう行くね」

「待って」

思わず声が出ていた。

引き留めたところで、文美が僕のもとにいる理由はこれ以上ない。今日の僕らは教科書を交換しカーディガンを返すだけの関係であって、それを済ました今となっては僕に彼女を縛り付けることはできない。

それでも僕は慌てて用事を、君の隣にいられる理由をでっちあげた。

「最後にさ、『取り消し線』しようよ」

苦し紛れに出した誘いに、文美は少しだけ目を見開いた。僕自身、自分がした提案に少し驚いていた。ここ久しくしていないことだったから。『取り消し線』は僕らが付き合った当初にしていたごっこ遊びだ。

ふたりそろって口下手だった僕らは自分からなにかを誘うことが苦手だった。デートに行くことも、どこに行くかも、なにをしたいかも、すべて相手の様子を見ながらソワソワと主張していた。そんな僕らだったから編み出した取り消し可能な会話。言葉の最後に「取り消し線」と付け加えればその前に言った言葉はなかったことになる。取り消された言葉は相手も聞かなかったものとして会話を続けるのがルールだった。

「懐かしい」

「よくやったよね」

そう言って彼女は交換したばかりの教科書に目を落とした。

「ひかると勇貴くんがちょっとうらやましいかも。——取り消し線」

文美がふいにそう零したのは仲の良かった友人が同じクラスの男子と付き合いだしたときだった。一緒に弁当を食べて、移動教室もデートみたいで、授業中にもアイコンタクトのできるふたりがうらやましいと。

僕は「ふーん」とか「へえ」とか言ってそれを聞かなかったふりをした。その数日後、僕らは教科書を交換した。あくまで遠回りな、僕らのアイコンタクト。

取り消し線には本音がのる。取り消し可能な言葉でしか語れないことがある。


じゃあいくよ、よーいスタート。

いざ仕切り直すと、ふたりとも会話にもたつく。テーブル越しに膝を突き合わせて、なぜかお互いに正座している。

金魚のように口をパクパクさせている僕を見て彼女は笑った。

「さっき金木犀のいい匂いがしたよね」

「そうだった?」

「うん。一颯がカーディガンをかけてくれたとき。このカーディガンあげてもよかったのに。——取り消し線」

さっそく取り消し線を使いこなした彼女の本音に僕は少しだけ心を引っ掻かれる。

取り消された言葉に反応しないよう慌てて世間話を続けようとする僕に、彼女は挑発的に微笑んでいた。付き合っている頃から文美は取り消し線が上手かった。聞かなかったふりをしなければいけない僕の反応を楽しんでいるような節さえあった。

彼女の視線から逃れるように窓の外を眺める。金木犀は当然だけど、見つけられなかった。

「窓開ける？」

「ううん。大丈夫」

いつの間にか蝉は街から姿を消して、小さなトンボが飛んでいる。そうやって季節はいつの間にか過ぎていく。

「秋になるとさ、星見に行ったこと思い出すんだよね。一颯のパパに車で乗せてもらって、二時間くらいかかったかな。すんごい寒い丘の上で」

「ちょうど一年前だね。受験の息抜きって言い訳してね」

「もう一年も経つんだね」

受験生のくせに星座の名前なんて全然知らなかった。けれどそのとき見に行ったのがおうし座流星群だったことはとてもよく覚えている。僕も彼女も五月生まれのおうし座だった。

そのときも金木犀の香りがしていた。周りを見回してみたけれど金木犀は見当たらず、金木犀はとても謙虚なんだって彼女が言っていた。

「私は流れ星見つけたけど、一颯は結局最後まで見つけられなかったよね」

「そうだっけ？」

本当はよく覚えていた。

父さんも文美も一緒に行った文美の弟も見つけたのに、僕だけ見つけられずひとりふてくされていた。流れ星を見たら願うことも考えていたのに。流れ星にした願いごとは他人に言ったら叶わないなんて言うけれど、僕はそもそも流れ星に願えなかった。

たった一年前のことなのに、若かったななんて少し苦々しく思う。

「そうだよ。流れ星にずっと一颯といられますようにって願ったんだから。取り消し線」

彼女の言葉に、僕は困ったような表情を浮かべて、あふれる涙を我慢することができなかった。

その言葉を取り消すなんてズルいよ。

聞かなかったふりなんてできるわけないよ。

「なんで泣いているの？　取り消し線だよ」

「涙、取り消し線。これで問題ないよ」

泣きながら言葉を紡ぐ僕に、彼女は同じように泣きそうになりながら、けれど微笑んでなにも言わなかった。

涙は取り消しできるはずがなかった。実際に流れてしまっているのだから。けれど少なくとも彼女がそれを咎《とが》めることはしなかった。


それから、僕らはたくさんの思い出を語った。

この部屋で何度も開催された勉強会について、彼女は僕の教え方が下手だったと取り消した。仕返しに僕は文美の覚えは本当に悪かったと取り消した。

僕がそこそこ活躍した球技大会。彼女が一番泣いた卒業式。校門からさらに百メートルは先にある自動販売機。そこから僕らは手を繋いで帰った。

どれも懐かしい思い出だった。

『取り消し線』の最中であればいくらでも話せた。今日の沈黙を取り返すように僕らは語った。

彼女のスマホに帰宅を促す連絡が来たとき、ようやく会話が止まった。

「帰んなきゃ」

「……そうだね」

羽織っていたカーディガンの袖を握りしめて、教科書を胸に抱えて、彼女は立ち上がった。

僕も立ち上がると、身長差から文美が少し見上げる形になった。

ふたりの間にはテーブルひとつ分の距離がある。

「ねえ一颯、最後に聞いてもいい？」

「うん」

「私と付き合えて幸せだった？」

言葉を潤ませて、けれど目線はしっかり僕の眼をとらえて彼女が尋ねた。

視線を外すことなく、僕は答える。

「幸せだったよ」

「私も」

ふたりとも取り消し線はつけなかった。

終わることがわかってしまった。

わからないことだらけだった今日一日の中で、どうしてかこれで終わりだとわかってしまった。

きっと後悔するとわかってはいても僕は言わずにはいられなかった。

「ねえ、もう一度……」

エアコンの音が耳をつく。置時計が一定のリズムで針を刻む。紅茶の氷はもう溶け切って、カランとは鳴ってくれなかった。

彼女はジッと黙って僕を見つめる。僕も彼女を見つめる。

「……取り消し線」

その言葉を聞いて、ようやく彼女が背を向けた。

最後の最後、ありがとうとバイバイを残して、僕らは別れた。


彼女が去った部屋には氷が溶けきって薄くなった紅茶と、僕の名前が書かれた教科書があった。

教科書をパラパラと眺めてみると、三角関数のαとβの囲われたところが黒く塗りつぶされている。これは僕がした落書きだ。彼女しか知らない僕の癖。それ以降のページに落書きはなかった。彼女は授業態度は良かったのかもしれない。

「じゃあなんであんなに覚え悪かったんだよ」

ひとり零してみても、頬を膨らませて怒る彼女はもういなかった。

ふと、動画のサブスクリプションの名義について話し合うのを忘れたことを思い出した。

元々は文美が見たいと言った恋愛映画のために登録した。うさぎのぬいぐるみをとても大切にする女の子のあの恋愛映画だ。当時高校生で、クレジットカードを持っていなかった僕らはふたりで出し合ってプリペイドカードを買った。親に頼んでも良かったのだけれど、自分たちで自分たちのためにお金を使っているという感覚が嬉しかった。

『Ibu_Fumi_0930』で始まる僕らの名義。

また会うための口実が残ってしまった。

しばらく考えたのち、僕はサブスクリプションを解約した。

それでいいと思った。

窓を閉めているから金木犀の香りはしない。こんな街中ではおうし座流星群だって見えやしない。

それでいいと思った。

どうせ僕には流れ星は見つけられないのだから。

＊＊＊

帰り道、さすがに肌寒くてカーディガンがあって良かったと思った。

送るよという一颯の申し出を私は断った。

なんとなくひとりで歩きたい気分だったのだ。

『もう一度』

と、一颯が言ったとき私は頷こうとした。頷けばあの日々に戻れることを信じて疑わなかったし、それを望んでいたはずだった。

だけど、動けなかった。

あの瞬間が幸せだったのだ。

懐かしの『取り消し線』をやって、思い出をたくさん話して、親から連絡があるぎりぎりまで一颯の部屋にいた。

だから、もう終わりにしようと思った。

最後の幸せがあれば、私は大丈夫と思った。

もう、思い出しちゃいけない。

一颯が取り消したのだから。

どこからか金木犀が香ってくる。

けれど謙虚な金木犀はその姿を見せなかった。

空を見上げると、月が見えた。おうし座流星群はさすがに見えなかったけれど、名前もわからない星は少しだけ見えた。

それでいいと思った。

あのすごく寒い丘の上では今日も星が綺麗に見えるのだろうか。おうし座流星群のニュースがたしかに今朝流れていた。

『~~流れ星にずっと一颯といられますようにって願ったんだから。~~取り消し線』

そう言ったら、一颯は困ったような顔をして泣いた。

流れ星に願ったことは誰かに言ったら、叶わないらしい。

それで良かったのだと思い込んだ。

＊＊＊

少年と少女が肩を寄せ合いながらタブレット端末で映画を見ている。

画面の中では制服を着た少女が泣いている。初恋が実らなかったらしい。

枕元のうさぎのぬいぐるみがスライドしながら印象的に映って暗転していく。

恋愛映画を見終えた少女は主人公以上に涙を流して泣いている。

泣き過ぎだよ、なんて言って少年が頭を撫でる。

その様子は、人為的に作られた映画のワンシーンなんかよりもよっぽど幸せにあふれている。

「ねえ、知ってる？　うさぎって寂しくても死なないんだって」

今の今、見ていた映画のワンシーンを少年が口にする。

少女が顔を上げる。

「寂しくて悲しいときにちゃんと泣ける君が好きだよ」

少女がようやく微笑んで、安心したように少年にもたれかかった。

「私たちはずっと一緒にいようね」

「うん、もちろん」

「ずっと」

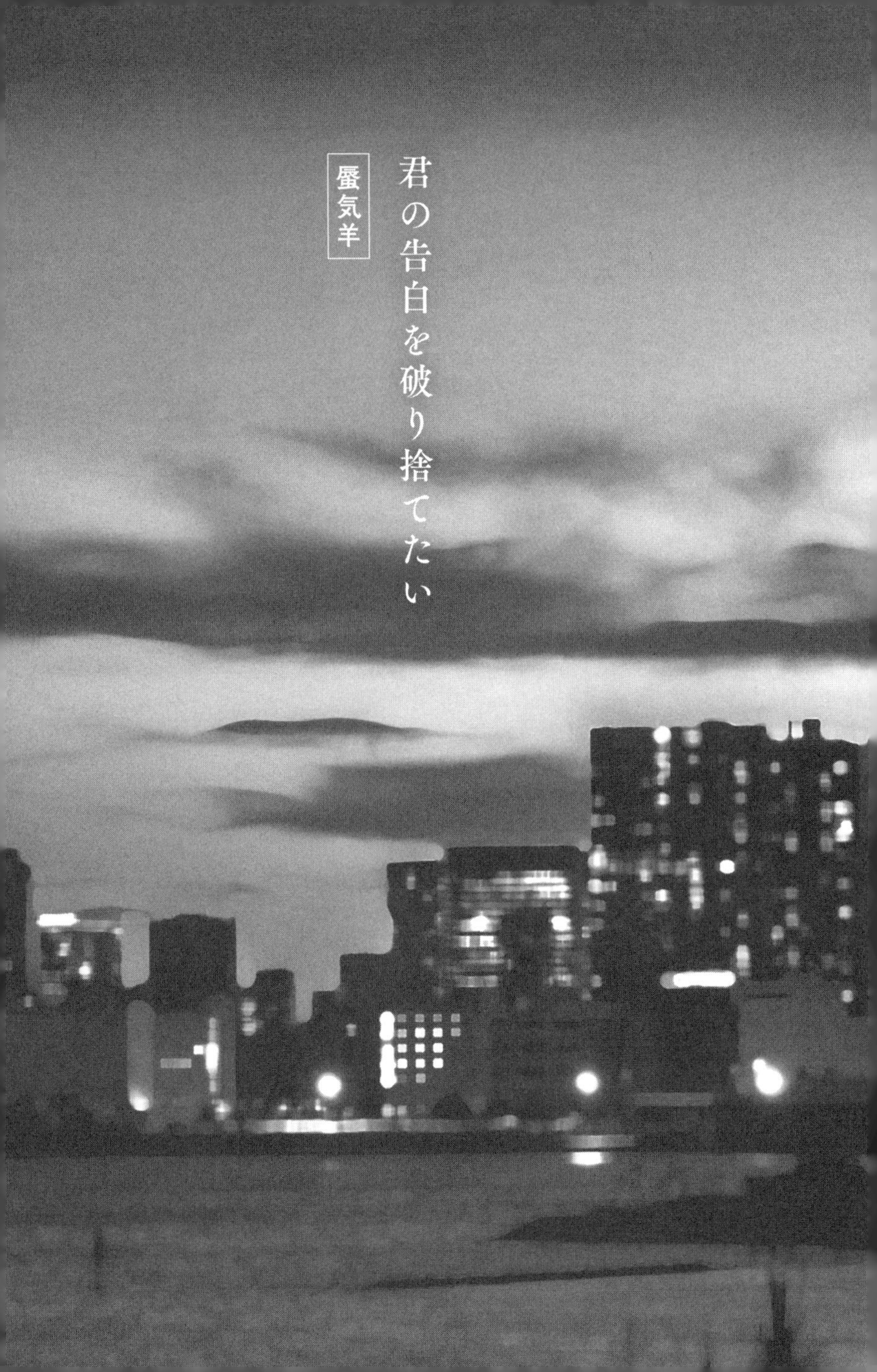
君の告白を破り捨てたい
蜃気羊

ローソンの牛乳瓶が白く濁る夜、
あの日、灰色の階段に座っている、制服姿の君のことを思い出した。

君の気持ちを確かめたことや、君と安い愛について語ったこと、
青くて、切なかった、君への思いは
すべて、ソーダ水の泡のように消えてしまった。

もう、二度と会えない幻の君に
二度と離さないでって、来世で伝えたい。

優璃《ゆり》　1

「ずっと一緒にいよう」

頼太《らいた》がそう言ったから、私はそのまま、静かにうん、と頷いた。

たった一言でなんでこんなに世界があたたかくなるんだろう――。

冬だってことも忘れてしまうくらいだ。

学校近くにあるビルの外階段は私と頼太の秘密の場所だった。

私にとって初めての彼氏は不純だけど、芯が強くて、そして、結構、優しい。外階段はコンクリート造りで、ちらついている雪が時折、踊り場に入り込んできた。いつものように、階段に腰掛けると、階段はものすごく冷えていた。これ、使えよと言って、頼太は自分のマフラーを階段に敷いてくれた。

階段の踊り場からは灰色の街が見える。

低くて冷たい灰色の雲から、ふわっとした無数の雪が容赦なく降っている。

「積もるかもな」

頼太はそう言いながら、左手に持っているボックスからセブンスターを一本取り出した。そして、それを咥《くわ》え、火をつけた。

火のつけ方は手慣れていて、大人びているように見える。だけど、コートの襟元から出ている青色のネクタイと白いワイシャツ、そして、パンツは制服だから、頼太の姿は高校生にしか見えなかった。


頼太とタバコを吸うようになったのは夏の始まり頃からだった。きっかけは昼休みに体育館の隅で、頼太がタバコを吸っているのを見かけたからだ。

次の日の昼休み、どうしても吸いたくなって、頼太を見かけたブロック塀と体育館の間の人気のない場所に行ってみたら先客がいた。

それが頼太だった。


「あ、先に吸ってずるい」

私も、慌ててバッグからラークの1ミリを一本取り出して、咥えた。そして、ラークを咥えたまま、頼太の方に顔を近づけると、ライターで火をつけてくれた。

軽く吸い込むと、冬の新鮮で冷たい空気と、香りが一緒に広がった。

そして、右手の人差し指と中指で挟んだラークを、そっと口元から離して、小さく息を吐くと、白い煙が踊り場いっぱいに広がった。


「悪い子だね。優璃」

「お互いさまだよ」

「ラーク吸う女って珍しいよな」

「死んだおばあちゃんが吸ってたの」

「悪い、変なこと聞いたな」

「ううん、供養代わりに吸ってるの」

「おばあちゃん子だったんだな」

「違うよ。今もおばあちゃん子だよ」

「そうだな。いい子だね」

頼太がそう言い終わるのとあわせて、頭頂部にあたたかさを感じた。頼太の方を見ると、わしゃわしゃと頭を撫でられた。

私はされるがままに頼太を見つめていた。

横から見る頼太の顔も整っていて、耳についているシルバーのピアスが光っているのが印象に残る。

小ぶりだけど、筋が通っていて、存在感のある鼻から、小ぶりな唇、顎の輪郭まですべてが絶妙なバランスでいつも見惚れてしまう。

昼休み、たびたび頼太と一緒にタバコを吸うことになり、いつの間にか一緒に帰るようになった。そして、私がいつも学校帰りに使っていたこのビルの階段で頼太も一緒にタバコを吸うようになった。

それが習慣になっただけだ。

頭から、熱がすっと離れる。

頼太は目尻に皺を作りながらクールに微笑んだ。

そして、右手でセブンスターを口元から離し、少しだけ上を向いて、長く息を吐きだした。唇の先からすっと、白い煙が上がった。そのあと、踊り場に置いているアルミのポケット灰皿に灰を落とした。

「こないだの歌も良かったよ」

「ありがとう」

「すぐにバズったね」

「あぁ。みんなあんな感じの曲が好きなんだよ」

頼太は、また口元にセブンスターを持っていき、ゆっくり吸った。

頼太の才能がうらやましかった。

TikTokで有名になった彼の曲はどこか寂しくて、切ないメロディだった。地声で歌わず、少しだけ鼻にかかった高音のミックスボイスが曲のセンチメンタルな雰囲気をより引き立てていた。

「なあ。優璃」

「なに？」

そう返事をしたあと、ラークを吸い込み、すっと吐いた。

そして、頼太の方を向くと頼太は真っ直ぐ前を見たまま、口元から離したセブンスターの先端を見つめているように見えた。

頼太から次の言葉はまだなかった。

だけど、なにか言いたげな表情に感じたから、私は少しだけ次の言葉を待つことにした。

「――もうすぐ、この街から出なくちゃならなくなったんだ」

「へぇ、そうなんだ」

別に不自然な話じゃない。

私たちはあと数か月もしないうちに高校生が終わるんだから。


「どこかの大学、推薦出してたの？」

「いや、違うよ」

頼太は私の方を向き、穏やかに微笑んだ。

なんで、そんな表情しているの？　って言いたくなったけど、水を差しそうだから、やめておいた。

「会社から、声かかった」

「会社？」

私は会社という言葉が予想外でよくわからなかった。

「え、就職？」

「バカだな。優璃は。プロダクションと契約することになった」

思わず、右手に持っているラークを落としそうになった。ってことは――。

「メジャーデビューだってさ。それで上京することになった」

「えー、すごいね！　おめでとう」

私はラークを一気に吸い込んだあと、自分のポケット灰皿に中途半端に燃え尽きたラークを入れた。

そして、頼太に抱きついた。

「バカ。いきなり抱きつかれたら、灰、落ちるだろ」

頼太はセブンスターを灰皿に入れ、私の背中に両手を回した。そして、お互いにくっついたまま、本降りになり始めた雪を眺めた。

通りすぎる車の音や、遠くで鳴っている救急車のサイレン、子供たちの騒いでいる声をバックサウンドに、しばらくの間、そうしていた。

「ねぇ、私のこと好き？」

私はしばらく経ったあと、頼太に聞いた。

「そんなの当たり前でしょ」

頼太はそう言ったあと、再びボックスから新しいセブンスターを取り出し、口に咥え、火をつけた。そして、大きく吸い込んだあと、白い煙を吐き出した。

頼太　1

学校帰りに寄ったスタバから、夜の青い街を眺めている。

俺と優璃はカウンター席で横並びになって、夜が始まった駅前を眺めていた。今日の夜、また雪が降るらしい。

雨で黒くなったアスファルトは街の色をカラフルに反射していた。その中を多くのひとが、ビニール傘をさして、早足でどこかに帰っていた。

「ねぇ」

「なに？」

「私たち、これから、どうなるんだろうね」と優璃はそう言って、キャラメルソースがたくさんかかっているラテのホイップクリームをスプーンですくい、一口食べた。

俺も優璃にあわせて、マグカップを右手で持ち上げ、コーヒーを一口飲んだ。そして、音を立てないように気をつけながら、マグカップを静かに置いた。

「こうしていられるのも、あと一か月か。ちょっとだけ、寂しくなるな」

「え、ちょっとなの？」と不満そうな声で優璃は言った。

だから、俺は思わず右側を見ると、優璃はむすっとした表情をしていた。

切りたてのショートボブが耳にかかっている。後ろ髪と同じ長さにそろった毛先が天井からの暖房で弱く揺れていた。


「やっぱり、かわいいよ。その髪型」

「ありがとう。ってそうじゃなくて」

時折、髪が揺れて、耳たぶがチラチラと見えた。

だけど、その耳たぶが少しだけ寂しく感じた。


そもそも、俺は優璃と一緒の大学に行こうと思っていた。

だから、優璃には黙っていたけど、優璃と同じ札幌《さっぽろ》の大学に推薦願書を出していた。

だけど、ずっと夢だったことが叶うなら話は別だ。

昨日、家の郵便受けに札幌の大学の名前が書いてある封筒が届いていた。そのことは胸の中にしまっておくことにした。

「なあ、ピアス似合いそうだね」

「えー、怖いよ」

「大丈夫だって。きっと似合うよ」

「だって、痛いでしょ？」

「ちょっとだけな」

「痛いんじゃん」と優璃は笑いながら、そう言った。

細かいところは気にするけど、そうやってすぐに次の話題に移そうとする優璃の明るくて馬鹿なところが好きだ。

だから、自然にこうやって話すことができるし、優璃とならずっと一緒にいても永遠に話し続けられるような気がする。

目の前のガラスが曇り始めた。

きっと、外の気温が雨でさらに下がったのかもしれない。


「ねえ」

「なに？」

「——いなくならないで」

優璃は右手で頬杖をつき、前を見たまま、ぼんやりとした表情をしていた。

俺だって、寂しいけど、そんな顔したくないし、残りの時間を楽しく過ごしたい。

だから、優璃のそんな表情を見て、俺は思わず、ため息をついてしまった。

「ちょっと離れるだけだよ。俺たちはきっと、この先も大丈夫だよ」

「そんな根拠、どこにあるの？」

「ほら、これだよ」

俺はそう言ったあと、右手の人差し指で曇ったガラスに触れた。

そして、ハートマークを描いた。


「やっぱり、ひとと違うね」

「それ、どういう意味だよ」

「変わってるってこと」

優璃はそう言いながら、優璃もガラスに触れて、俺が描いたハートの横にもうひとつのハートを描いた。

優璃　2

「帰ろうか」

声をかけられたから、私はそっと手を繋いだ。

頼太がふっと声を出したから、頼太を見ると微笑んでくれた。それとあわせて、いつものシルバーのピアスが一瞬、輝いた。春の陽気があたたかく感じる。

先月まで雪が降っていたのに、卒業式になると季節の帳尻が合うのはなぜだろう。そう思いながら、私は頼太に手を引かれて、ゆっくり歩き始めた。みんなが騒いでいるのを横目に頼太と私は校門を出た。


「あー、やっと卒業できたー。最高」

「優璃、名残惜しいとか、そういうのないのかよ」

「え、ないよ。こんなところ。ようやく、牢獄から解放されました。ありがとうございましたー」

「最低だな」

「そういう頼太はどうなの?」

「最高だね」

頼太がそう言うと、私と頼太はお互いに顔を見合わせて、ゆっくりと笑った。

駅へ繋がる近道のいつもの公園に入った。

公園の桜はまだ、つぼみのままで冬が続いているように思えた。

「なあ」

「なに？」

「落ち着いたら、また――」

「一服するの？」と私間髪いれずにそう言った。

「ちげーよ。バカ」と頼太は分が悪そうにしながら、風で乱れた前髪を右手でさっと直した。

「じゃあ、なに？」

「――東京、遊びに来いよ。うちでゆっくりしよう」

「エロいね」

「なんだよ、その返し。もっと、喜べよ」

だけど、私は素直に喜べなかった。本当はもっと頼太のそばにいたかった。本当は私も一緒に東京に行けば良かったんだ。

なのに、もう、遅かったんだよ――。

札幌の大学に行くことが決まってすぐ、東京行き決めるなんてずるいよ。

「本当は私も東京行けば良かったのかもね」

「いいよ。もう、決まったことだし」

「――北海道の大学にした理由、聞かないんだね」

「だって、推薦で決まったんだろ。それ以上の理由なんてないでしょ」

「――そうだね」

「だけど、頑張るよ。俺」

「うん。――ずっと応援するから」

そっと、息を吐いても、もう息は白くならなかった。きっとこうやって、支えるしかないんだ。離れ離れになるけど、私は私で、できることをやっていこう。


「ありがとう。優璃も頑張れよ」

頼太がそう言ったから、私はぎこちなさを隠すように努力して微笑んだ。

そのあと、お互いに黙ったまま、公園の中を歩き続けた。

途中で頼太は駅へ向かう方じゃない道を選んだ。


道の先には誰もいないグラウンドが見えている。私も黙ったまま、手を引かれ、そのまま歩いた。そして、頼太は黙ったままグラウンドがよく見えるベンチに座った。

だから、私も頼太の隣に座った。

「なあ」

「なに？」

「これ、買ったんだけど、やってみない？」と頼太はそう言ったあと、頼太の左隣に置いていたバッグを開けて、なにかを取り出した。

プラスチックの四角い箱の中にピアッサーが入っていた。


「えっ、今やるの？」

「あぁ。絶対、似合うと思うよ」

「あと、これ」と言って、頼太はもう一度、バッグからなにかを取り出した。そして、左手に持っていた物を渡してくれた。私は両手でそれを受け取った。白い台紙にピアスがついていた。


ピアスは丸くて、石を固定している金属の縁がシャンパンゴールドに輝いていた。石は多分、ガラスだけど、輝きが拡散するようにいくつもカッティングされていた。カッティングされた面が、青、緑、赤に反射していて、右手を動かすたびに色がわずかに変わった。そのわずかなプリズムが太陽に反射して、綺麗に見える。

「ファーストピアス取れたら、これ、使って。それで、次会ったとき、つけてるところ見せて」

「――ありがとう」と私は嬉しい反面、これから、ピアッサーで耳を貫通することが確定してしまい、怖くて、少しビビっている。

その間にも、頼太はピアッサーを箱から取り出し、準備を始めている。

「じゃあ、やるか」

思わず、私はなにも言わずに頼太をじっと見てしまった。

本当にやるの？

って目で訴えかけてみたけど、頼太はニヤニヤしているだけだった。

絶対、伝わってない。

というか、私の訴えを確信犯的に無視している――。

「前向いて」と頼太は言いながら、立ち上がり、ベンチの裏側に回った。そして、私の左後ろに立った。左耳の耳たぶに触れられて、少しドキッとした。

「このあたりだな。印、つけるね」と言われたあと、耳たぶに弱い圧を感じた。多分、油性ペンで印をつけられたのだろう。

そのあとすぐに、すっと冷たい感触がして、ゾワゾワ、と背中から震えた。

「ちょっと、消毒するって言ってよ。びっくりした」

「悪い。つい、夢中になっちゃって」

「こっちだって心の準備があるから、ちゃんと言って。あー。怖い」

なぜか、鼓動が速くなってきた。

耳たぶを貫かれるとき、どれだけ痛いのかわからない。だけど、やるしかないのはわかっている。そう思うと、余計ドキドキしてきて、変な力が入る。全身が固くなっているような気がする。

「じゃあ、やるか。心の準備はできた?」と聞かれたから、私は何度も小刻みに首を振った。するとすぐに頼太の笑い声がした。

「なんか、ひとごとだと思って楽しんでない?」

「いや、楽しんでないよ。俺もひとりでやったとき、怖かったなって思い出してただけ。マジで、あんまり痛くないよ。一瞬だから」

「そのマジが信用できないの！」と私が言い終わるのとあわせて、頼太はまた大きな声でゲラゲラと笑った。

「じゃあ、行くよ」と言われたから、私は静かに頷いた。

鼻から息を吸うと、春の気持ちいい香りがした。

左耳の耳たぶにピアッサーの固いプラスチックの感触がする。妙な間が流れている。

やるなら、早くやってほしいのに——。


本当はやりたくない。

だけど、せっかく頼太がピアスをプレゼントしてくれたんだ。だから、これくらい我慢しなくちゃいけないけど、めちゃくちゃ怖い。

もう一度、息を吸って、吐いた。

急にラークを吸いたくなったけど、そんな時間はなさそうだ。

私は覚悟を決めて目をつぶった。耳たぶにピアッサーの固さを感じる。永遠に思える今がすぐに終わるのを願い、息を止め、肩に力を入れた。そのあとすぐ、針があたる感覚と一緒に、パチンと音が鳴った。

☆

「いいね。ファーストピアスでも似合ってるよ」と言いながら、頼太は私の前に立って、iPhoneで私を撮っていた。まだ慣れない耳たぶの感触に少し戸惑っていた。

ファーストピアスを触ると、たしかに耳たぶの裏側にしっかりと金属がついていた。

「ねえ。見せてよ。画像」

私がそう言うと、頼太は私にiPhoneを差し出してくれた。

頼太のiPhoneを受け取り、表示されている画像を見た。画像の世界にいる私の両耳には、エメラルド色した丸いピアスがついていた。

「エメラルドなんだ」

「あぁ。なんか、普通のファーストピアスだと味気ないかなって思って、誕生石にした」

「五月って、エメラルドなんだ」

「そう。そういうこと」

頼太は得意げな表情でそう言った。そして、私の隣に座った。

「いいよ。ファーストピアスも似合ってるよ。結構、大丈夫だったろ?」

「ちょっと痛かった」

「ちょっとだけだろ?」

「痛かった」

「痛いアピールするなよ」と頼太は私を茶化すようにゲラゲラと笑った。

頼太が笑っているのを見ていたら、まあいいやって気持ちになった。

来月くらいには、もらったシャンパンゴールドのピアスもつけられると思う。そう考えると、さっきまでの嫌だった気持ちがすっと抜けていった。


「――ありがとう」

そう言ったあと、急に力が抜けて、私は頼太の肩にもたれかかった。

頼太　2

《今日、北海道では雪が降ったよ　東京も寒い?》

十二月になった。渋谷駅《しぶや》の西口の前にある喫煙室で右手にiPhoneを持ち、左手でセブンスターを持ちながら、ラインの返事を考えていた。

東京に来てから、なぜか気持ちは満たされなかった。夢はもう叶っている。だから、追い立てられるように曲を作り、色んな仕事をこなす。

技量と反比例するように人気ばかり急上昇する。

嬉しい悲鳴だろうけど、つらい。

目の前に見えるモヤイ像と小さなヤシの木がこんな寒さの中で見ると違和感しかなかった。

「焦《あせ》らなくていいよ。売れてるんだし」とさっきプロデューサーに言われた。

プロダクションを出て、渋谷駅まで次の曲のイメージを歩きながら考えたけど、さっぱり思いつかなかった。

優璃と一緒にいたときは、こんなことはなかった。

好き勝手に自分の曲を作って、それが好き勝手にTikTokで多くのひとに聴かれただけだ。

多くのひとにコメントで、この曲が好きだって言われるよりも、優璃に「よかったよ」って、言われる方が何百倍も嬉しかった。

優璃にそう言われるのが、俺の原動力だった。だから、ただ一言、欲しいなって、歩きながら、そんなことを考えていた。

だけど、プロになったから、そんな甘いこと言ってられない。足りないものを補わなければ、俺は時代の速さに置いていかれて、あっという間に消えてしまうかもしれない。


そうと思うと、すごく気持ちが重くなる。

本当はこんなところでセブンスターを吸っている場合じゃない。早く家に帰って、MacBookを開いて作曲しないといけない——。

優璃とはメッセージがすれ違い、まともな会話になっていない。今読んでいるのも昨日のメッセージで既読スルーしたまま、結局、二十四時間以上経っている。返信が思いつかないまま、セブンスターがジリジリと灰になっていく。

伝えなくちゃいけないことはたくさんある。
聞いてほしいこともある——。

新調した赤いジッポで優璃の1ミリぽっちのラークに火をつけたいなってふと思った。

《ごめん、今日も返信遅くなった　寒いな　早く会いたい》

何秒間か、打ち込んだ文面を見つめたあと、バックスペースを連打し、『早く会いたい』を消して、優璃に送信した。連絡がすれ違っているときに、ダサくて、弱気なことを言っても無駄に心配させるだけだ——。

優璃とのトーク画面を閉じて、別のトークをタップした。そして、左手に持ったままだったセブンスターを灰皿に押し付け、もみ消した。

優璃　3

《ううん、いいよ　忙しいよね　春休みのどこかで、頼太のところに行ってもいい？》

何秒間か、打ち込んだ文面を見つめたあと、バックスペースを長押しして、すべての文章を消した。ローテーブルの上に置きっぱなしのiPhoneから右手の人差し指をそっと離した。頼太がこんな感じで忙しいままなら、きっと年末年始、地元で会うことは多分できないだろう。

目の前のテレビに映る頼太はギターを片手に熱唱している。

高校を卒業したあと、頼太と私はすれ違ってばかりだった。

私は遠くから支えるって決意したから頼太の邪魔はしたくない――。

だから、頼太が休めるときにいつでも東京に行けるようにコンビニでアルバイトをして、頼太に会うためのお金を貯めた。

たまに来る頼太からのメッセージは頼太のまま変わらなかった。

ファーストピアスは札幌に来てすぐに外した。そして、頼太からもらったシャンパンゴールドの丸いピアスをあれからずっと、つけ続けている。

テレビに映っている頼太は、高校生のときからタバコと酒を覚えて遊んでいる頼太、そのままだった。もし、頼太に直接会っていたら、きっと「よかったよ」って言ったと思う。だけど、その言葉をラインで打つと、軽く思えるから、打たないことにしている。

頼太は着実に成功して遠くに行っているように思えた。

それがたまに寂しく感じる。


バイトから帰ってきて、テレビをつけると、今みたいに頼太の曲が流れていたり、買い物しようとふらっと入ったスーパーやコンビニでも彼の曲がよく流れている。その度に私は嬉しかった。ラインじゃ伝えられないくらい、その思いを頼太に伝えたい。落ち着いたときに早く面と向かって褒めてあげたい。

——だけど、数か月後。彼の熱愛報道がその気持ちをすべて、ぶち壊した。

頼太　3

「バカだね。頼太くんって」

「は？　なんだよそれ」

「ホントにバカだよ。私、頼太くんのこと、好きになっちゃったの。私だって、好きじゃなかったら、こんなに一緒にいないよ！」

雨の中の公園で綾《あや》にそう言われると思ってもみなくて、俺はビニール傘を落としそうになった。

そして、不意にビルの階段で寒そうにしていた優璃のことを思い出した。三月の季節外れの土砂降りの中で綾と俺は突っ立ったままだった。

猛烈な勢いで雨粒がビニール傘を叩きつけている。

その叩きつける音が世界を支配しているみたいだ。

目の前にいる綾も俺と同じようにビニール傘を持って、複雑そうな表情をしていた。鎖骨くらいまでかかっているロングで茶色に染まった髪は毛先まで艶があり、雨の中でもすごく綺麗に見える。

そして、くっきりとした二重まぶたの大きな瞳で綾は俺のことをじっと見ていた。

「――そうだよな」

「そうだよ。このまま、一緒にいてもつらいよ。私」

そんなの脅迫まがいじゃん。って思ったけど、綾はこっちに来て孤独だった俺のことを唯一、わかってくれている気がした。

綾との出会いは単純だった。

音楽番組で共演して、五人組のアイドルをやっている綾とたまたま仲良くなっただけだ。その日にさらっとラインを交換したら、お互いの仕事の悩みとかを、毎日やり取りするようになってしまった。

本当は優璃に言いたかった悩みやモヤモヤした気持ちを、なんでかわからないけど、綾に言ってしまった。そして、綾は真剣に俺の悩みを聞いてくれた。


「ねえ。付き合ってよ」

「——彼女いるのに？」

「え、彼女いるの？」

綾の声のトーンは途端に冷たくなった。

綾の鋭い視線を俺は避けるために顔を背《そむ》けた。

「最低なんだけど。思わせぶりじゃん」

「いや、違うんだよ」

別に俺は悪いことをしていないのに、なぜか悪いことをしているときのように、身体が一気に熱くなる感覚がした。

「え、なにが違うの？」

「連絡すれ違ってて、もう一年くらい、まともなやり取りできてないんだよ」

「──そんなの彼女じゃないじゃん」

綾にそう言われて、一瞬、時が止まったような気がした。


先延ばしにしていた現実が急に目の前に現れて、なにを今までこだわっていたんだろう。一瞬でなにかから、さめた感じがする。

優璃がどんどん遠くなっていく。

一緒にタバコを吸って、思ったことをそのまま言いたい。

だけど、きっともう、そんなことはできない。

だって現実見ろよ。大した連絡できないんだ。

きっと、優璃は俺のこと、もう忘れてしまったのかもしれない──。


「……かもな」

「かもなってなにそれ」

綾は半分呆れているかのようにそう言った。

──優璃への一方的な片思いだったのかもしれない。

もしかしたら、もう、すべて終わっていたのかもしれない。そう思うと、セブンスターが恋しくなった。

「私なら、頼太くんとずっと一緒にいる自信あるし、支えるよ。頼太くんのこと」

「――わかった。いいよ」

俺は綾にそう告げると、綾は一気に晴れた表情になった。

優璃　4

『ずっと一緒にいよう』

あのときの頼太の声が頭の中で響く。

ふたりだけの秘密の場所で言われた、あの約束が無効になったことから立ち直れず、毎日、胸が痛んでいた。

その間に私を置いていくように、季節は冬から春に変わり始めていた。

降り積もっていた雪はいつの間にか消えてしまい、雪の白さで明るかった夜も雪がなくなり暗くなった。

頼太に会うために大学に入って、すぐに始めたコンビニのアルバイトも今ではただ、惰性でやっているだけに過ぎなかった。

今日も、こうしてレジで突っ立って、機械的に作業をしているだけだ。数時間、レジを打っても気持ちは抜けたままだった。

あと二十分でシフトが終わる。

二十四時に終わるシフトの日は身体がつらい。胸の痛みを忘れるために少しだけ、シフトを増やしてほしいとオーナーに頼んだら、今まで二十二時で終わっていたシフトが、最近は日付をまたぐまで延びるようになった。

有線放送で頼太の曲が店内に流れ始めた。

また、かかったよ——。よりによって、この曲がうちのコンビニとタイアップしているから、三十分に一回くらい頼太の声を聴くことになる。

こんなことになるとは思わなかった。

最悪だ——。しかもこんなボロボロのタイミングで。

『君との約束を果たしたかった
　幼い頃に戻って君と世界を作り直したい
　切なさを君に添えてあげる』

彼の切ない声と、失恋の内容っぽい歌詞にものすごく腹が立つ。

ムカつく。ムカつく。ムカつく。

なんで私、こんなことしているんだろう。

虚しくなってすごく嫌になった。こんなに応援していたのに。落ち着いたら一緒にいたいって、ただ、思ってただけなのに。

「お願いします」と言われて、反射的に「ありがとうございます」と、とりあえず言った。我に返り、客の顔をしっかり見ると、いつもの顔馴染みのお兄さんが目の前に立っていた。

お兄さんはいつもと同じように全身、作業着を着ていた。

会社の名前が入ったクリーム色のあたたかそうなオーバーを着ていて、首には黒のネックウォーマーをつけている。

髪は茶髪で耳には小ぶりのピアスがついていて、白色のＬＥＤの光を反射していた。歳は私より二、三歳年上だと思う。

「お姉ちゃん。元気ないね。どうしたの？」

お兄さんは優しい口調でそう言ってくれた。

日付が変わる直前のコンビニでそんなことを不意に言われて、私は思わず右手で口を覆った。喉の奥が急に熱くなり、それとあわせて、両目が潤み始めたのがわかった。

「え、嘘でしょ。――大丈夫？」

私のあり得ない異変に気がついたのか、お兄さんはもう一度、優しい声でそう言ってくれた。

「ごめんなさい」

右手を口から離したあと、小さく息を吐いた。

そして、右手でスキャナーを持ち、お兄さんが持ってきたカップラーメンと冷凍食品のバーコードをスキャンし始めた。

「なしたのさ」と北海道特有のイントネーションでお兄さんはそう言った。

本当に心配してくれていそうな表情をしていたから、このひとだったら、少しだけ話してもいいかもって思った。

「——振られたばっかりなんです」

「そりゃあ、つらいよ。泣きな。そんなにさ、つらそうなのに頑張ってるね」

「——すみません」

「あとどれくらいで終わるの？」

「え、終わる？」と私は少し、意味がわからなくなり、思わず聞き返してしまった。

「シフト。もうすぐ終わる？」

私は小さく頷くと、お兄さんは微笑んでくれた。

「もし良かったら、話、聞くから、車で待ってるよ。気が向いたら、来たらいいよ。嫌だったら、帰っていいから」

ストレートすぎるお兄さんの提案に私は少しだけびっくりしたけど、気がついたら、自然にもう一度、頷いていた。

頼太　4

「ねえ。挨拶してくれてありがとう」

「ううん。綾の両親、ふたりともすごく良くしてくれて嬉しかった。すごく楽しかったよ」

秋田新幹線はのんびりとした速度で色付いた山々を縫うように走っていた。左側に座っている客の多くはブラインドを下ろしていた。水曜日の午後だからか、車内は空いている。空席になっている窓から、オレンジ色の西日が差し込んでいた。


綾の実家に一泊二日で行った。

昨日、遅くまで、綾と綾のお父さんと泥酔ギリギリまで飲んだ。

綾のお父さんは焼酎でベロベロになりながら、綾が小さい頃の話をしていた。踊りがうまかったとか、今、晩酌をしているダイニングテーブルの上で歌っていたとか、そういう話を何度も繰り返していた。


それで、綾のお母さんはその話で思い出したのか、ＤＶＤを再生し始めて、五歳くらいの綾の歌声が大音量でリビングに流れ始めた。３２型くらいの比較的大きな液晶テレビに小さいときの綾が映し出されていた。

綾はダイニングテーブルの上で前のめり気味にピンク色したおもちゃのマイクを持って歌っていた。

五歳の綾が真剣そうに画面の中で歌っていたから、みんなで大爆笑した。

恥ずかしい。やめてよーって綾が言っているのを無視して、みんなでゲラゲラ笑いながらその映像を観続けた。

綾のお父さんは手を叩いて、「綾は天才だ」と何度も連呼していた。


「かわいかったね」

「えっ」

俺は思わず窓側に座っている綾を見た。一体、なんのことを言っているのか、わからないと綾は言いたげだった。

「小さい頃。昔からあんなに歌ってたんだ」

「あれ、すごい恥ずかしかった」

綾は照れくさそうな表情をした。

そして、少しだけ膨らみ始めたお腹を左手でそっと撫でた。

「やっぱり、お父さんの言う通り、天才だったんだね」

「やめてよ。今も天才だもん、私」

「悪かったって。かわいかったよ」

「ありがとう。――ねえ」

「なに？」

「明日、仕事だから寝てもいい？」

「いいよ。お腹の子のためにもね。おやすみ」

綾にそう伝えると、綾は満足そうな表情をして、すっとまぶたを閉じた。


数分もしないうちに綾は眠り始めた。

綾も疲れてたんだって、今更、気付いた。

俺はバッグからiPhoneを取り出し、画面を顔に向けるとFace IDで、すぐにロック画面が解除された。

一瞬、黒い液晶画面に写った俺のアホ面を見て、もう、俺は引き返せないところまで人生、来てしまったんだなってふと思った。

ラインを起動して、トーク履歴の下の方にあった優璃のトークをタップして開いた。

《ずっと応援してるから》

三年前に優璃から来た最後のメッセージを眺めた。

あのときの俺はアホだった。

結局、なにも支えてくれなかったじゃんって、優璃の所為にした。

すれ違ってばかりのメッセージ。伝えられない思いだけが胸の中にもやもやと残ったあの感じがすごく嫌だった。

優璃のこと、嫌いになろうと努力した。

——だけど、無理だった。


雪が降った日、ふたりでビルの階段の踊り場でタバコをふかして、じゃれ合ったことを思い出した。

俺のことを覗き込むように見つめて、「ねぇ、私のこと好き?」って優璃が聞いてきたのが勝手に頭の中で、再生された。

そして、あのときの約束も——。


「なにがずっと一緒にいようだよ」

俺は思わず独り言をぼそっと吐いてしまった。

大きくため息をついたのとあわせて、右腕にあたたかさを感じた。

少しだけ驚いて、窓側を見ると俺の右腕に綾の左手が添えられていた。そして、綾は俺のことをじっと大きな目で見つめてきた。

「私と一緒にいて」

「——起きてたのかよ」

「今、起きたの。——大丈夫だよ。頼太くん」

綾はそう言ったあと、左手を俺の右腕からそっと離した。

そして、また、すっとまぶたを閉じた。


「——ありがとう」

「ううん。頼太くん。ありがとう。プロポーズしてくれて」

ぐっと奥歯を食いしばった。

なんなのか、よくわからない震える感情で胸が重く痛み始めたから、堪えようとした。だけど、気付くと、左目から涙が一粒、頬を伝っていた。

優璃　5

iPhoneを片手で操作しながら、駅からアパートへ帰っている。街はすっかり夜になっていた。毎日働いて、色んなひとと話して、ひどく疲れる毎日だ。十二月の札幌は寒すぎる。こんなに冷えるなら、パンプスじゃなくて、ブーツで出勤すれば良かったと少しだけ後悔した。

吐く息は白くて、雪がちらついている。きっと、明日の朝には雪が積もって、街は真っ白になっているだろう。黒いアスファルトも今日が見納めだろうし、明日からはブーツで出勤しなくちゃいけないかもしれない。

夜の淵にローソンの牛乳瓶が白く濁っていて、その看板の明かりに吸い寄せられそうになるくらい、今日も疲れていた。結局、札幌で道内企業に就職しちゃったから、転職しない限り、東京との縁はもうなさそうだ。

仕事をしながらのひとり暮らしはきつかった。

だけど、今はもうひとりぼっちじゃないし、札幌には私を大事にしてくれる彼がいる。そろそろ今の彼と結婚しそうな気がしている。

だから、大学を卒業しても札幌に留まった。

ふと、あの日、あの灰色の階段で私の横に座っていた頼太のことを思い出した。あのときはラークを吸っていたけど、振られたあとから、吸わなくなった。そして、今はラークとは、無縁の生活をしている。

残業が終わって、ヘトヘトな状態で家まで歩いている中、なんで頼太のことなんか思い出すんだろう——。

ラインを起動し、友達リストから、頼太のアカウントを見つけ出した。

頼太のアイコンは知らない乳児の顔になっていた。

思わず、立ち止まってしまった。

急に私が立ち止まったからか、何人かの視線を感じた。

パンプスで疲れた足の痛みが鈍くなった気がした。そういえば、ちょっと前にアイドルとの結婚報道があったのを思い出した。

当たり前だけど、そのアイドルは私よりずっとかわいい子だった。

ずっと前にその女のポスターを買って、油性ペンで顔を塗りつぶし、ハサミで切り刻んだ。だけど、気持ちは晴れなかった。頼太からもらったシャンパンゴールドのピアスは、そのとき、一緒に捨ててしまった。

だけど、エメラルドのファーストピアスは、なぜか捨てられなくて、今もジュエリーケースの中に入っている。


画面を見たまま、すっと息を吐いた。

きっと、あのときの約束なんてもう無効で、私だって、もうそんなこと、わかり切っている。あの日、『ずっと一緒にいよう』って言われた声、表情はすぐに脳内で再生できるくらいまだ、記憶は鮮明なままだ。

赤ちゃんのアイコンをタップして、トーク履歴を開いた。

《ずっと応援してるから》
未読のままだったはずなのに、メッセージの横に『既読』がついていた。

「いつの間に……」

ぼそっと呟いたけど、誰も私の衝撃を受け止めてくれるひとはいなそうだった。

もし、あのとき、もっと早く東京に行くことを伝えて、頼太に会っていたら、私と頼太はどうなっていたんだろう――。

私はずっと頼太のことを支えられていたのかな。もしかすると、今頃、頼太が家に帰ってくるのを待っていたのかもしれない。

それか捨てられて、ひとりぼっちだったかもしれない。

だけどね、頼太。頼太以外、大切なひとなんて、いなかったんだよ――。

「今更、遅いよ」

もう一度、小さな声で言ってみたけど、私の声は通りを走るトラックの音にかき消された。ため息をついたあと、頼太をブロックして、ラインを閉じた。

もう、全部終わったんだ。

さよなら、頼太――。

そのあとすぐにiPhoneがバイブレーションした。

《二十四日、ご飯食べに行こう。大事な話したい》

彼からのメッセージを読んだ瞬間、なにかが揺れたような気がしたけど、電柱も車も道路もなにも揺れていなかった。

身震いしているのは世界じゃなくて私だった。

いつも私がひとりになりたいときに、タイミング良く、彼から声をかけられる。つらいままレジを打っていたときもそうだった。

頼太と自然に話して、自然に弾む気持ちや、ドキドキが止まらない感じ、ずっとそばにいて、素直に支えたいとか、そういったことはすべて何回も移ろう季節に押されて忘れたと思っていたけど、ずっと残ったままだった。

両耳に残ったピアスホールだけが頼太との名残な気がして、ファーストピアスは捨てられなかった。

気付くとそんな感覚がつらくて、また身震いした。息を吐くと両目が急に熱くなり、涙が頬を伝う感触がした。

こんな、ところで泣いてどうするんだよ——。

すっと息を吐くとまた涙が流れた。もう、もうなにもかも、永遠に戻らないなって強く思った。

桜《さくら》新《しん》町《まち》ワンルーム
永良 サチ

――これは幸せだった、三年六か月の記録。

焦がれて、離れて、恋をした

ドイツ出身の思想家、フリードリヒ・ニーチェはこんな言葉を残している。

〝人間が恋をしているときは、他のいかなるときよりも我慢強くなる。そして、ほとんどすべてのことを受け入れられる〟

東京メトロ半蔵門線直通、東急田園都市線沿いにある桜新町《さくらしんまち》。東京都内に比べると娯楽施設は少ないけれど、そのぶん家賃は低め。映画館はなくてもツタヤがある。タリーズもマックもミスドもココイチもあるこの町の住み心地はとても快適だ。

「――三加《みか》、準備できたよ」

「うん、ありがとう」

おそろいのお皿の上に出したのは、近所のケーキ屋で買った四万十地栗《しまんとじぐり》のモンブラン。彼が用意してくれたダークモカチップフラペチーノは、コーヒー多め、ホイップ抜きのカスタム。ほろ苦いフラペチーノと甘いモンブランの相性は抜群に良くて、この組み合わせを彼に教えてもらってからは、私もスタバに行くたびにこのカスタムを注文するようにしている。

私たちはふたりがけのソファに背中を預けて、壁を見る。学生時代からの友達、敦《あつ》子《こ》の結婚式の二次会で当たった小型のプロジェクターが、薄暗い部屋で光っていた。

壁に映し出されたのは『アバウト・タイム〜愛おしい時間について〜』という洋画だった。この映画の主人公はタイムトラベルの能力を持っていて、その力を通して幸せとはなんなのかを考えていくストーリーだ。

台詞さえも覚えてしまっているほど大好きな映画を観ながら、コーヒーのカップに口を付ける。手に取るタイミング、飲むタイミング、テーブルに戻すタイミングも、まるで息を合わせたように彼と同じだ。

映画が進む。主人公が父親から一族の秘密として、タイムトラベルの能力があることを伝えられるシーンで、必ず彼はいつもこの台詞を言う。

「三加は過去に戻れたら、なにがしたい？」

私は自分の不注意でインコを逃がしてしまった幼いあの日に戻って、家の窓を閉めたい。暗黒期だった高校時代をやり直すために、受験先を変えたい。喧嘩したまま天国にいってしまったお父さんと再会して、仲直りがしたい。私が辿ってきた人生は、後悔ばかりだ。

けれど、暗い場所で拳を握って戻りたい場面を念じても、映画のように過去に戻ることはできない。続けて、彼が言う。

「過去に戻れたら、俺たちはまた付き合うと思う？」

だから私は聞き返す。

「誠二《せいじ》は、私が彼女で幸せだった？」


彼と出逢ったのは、大型の野外音楽イベント、いわゆる夏フェスだった。人混みが苦手な私は、当然そういう類いのイベントには参加したことがなく、そのときも敦子に無理やり誘われて乗り気ではなかった。

一日中、爆音の会場で音楽を聴き、足が棒になるほど歩き倒したフェス終わり。サマソニと書かれたタオルを首から外せないほど、私はフェスの余韻にどっぷり浸っていた。

「俺たち隣の駅まで歩くんですけど、一緒にどうですか？」

男子ふたり組に声をかけられたのは、フェス参加者で混雑しているバス停に並び、ちょうど敦子とタクシーを拾うかどうか相談していたときだった。

私と敦子は息を合わせたように、顔を見合わせる。冷めきらないフェスの熱も相まって、私たちはふたつ返事でバスの列を抜けた。

他にも女の子はいたのに、どうして私たちに声をかけたのか、のちに誠二に聞いたことがある。

彼は可愛かったからだと、率直に答えた。私たちが受け入れたのも、誠二たちの顔が良かったからだった。

隣の駅までの道のりは、自然と二対二になった。思えば、これが運命の振り分けだったように思う。

敦子たちの後方を歩く形で、私と誠二は肩を並べた。まずはお互いの自己紹介をして、あとは自分たちのことをぽつりぽつりと話した。

彼は私と同い年で、全国の美味しい食べ物が集まるフードフェス、世界中の文化が楽しめるカルチャーフェス、はたまた登山をするトレッキングフェスなるものにも積極的に参加するほどのアクティブな人だった。

「前にオールナイトフェスにも行ったことがあって、星空の下で映画を観たりするんです。そのときに上映されてた『アバウト・タイム』がすげえ良くて」

「どんな映画ですか？」

「タイムトラベルの能力がある主人公が恋人や家族との時間を繰り返すっていう話です」

「へえ、面白そうですね」

「普段、映画とかよく観ます？」

「あ、えっと、実は全然……」

「今回のフェスも初めてですか？」

「はい。学校以外の時間はほとんどバイトに費やしているので……」

私は厳格な両親に育てられて、高校を卒業するまでは自由に遊びに行くことも許されなかった。そんな生活から抜け出すために、あえて実家から遠い四年制の専門学校を選んだ。もう親の監視下ではないというのに今でもつまらない日常を送っていて、敦子と友達になっていなければ、寂しい学校生活を続けていたことだろう。

「じゃあ、俺と一緒に楽しいことしません？」

「え？」

「秋に野外フェスがあるんですよ。名付けて餃子とビールで乾杯フェス！　全部俺の好きなものっす」

無邪気な笑顔に心を奪われて、可愛い人だと思った。迷うことすら惜しくて「私も好きです」と答えた。それが二十歳になったばかりの夏のこと。

それから自然な流れで連絡先を交換して、最初は四人でご飯を食べに行った。カラオケで夜通し歌って、コンビニでアルコールを買い込んで、河川敷で飲み明かした日もあった。楽しかった。遅れてやってきた青春のように。

敦子は誠二の友達、早瀬《はやせ》くんと付き合い始めた。敦子は会うたびに彼氏が変わっているほど移り気な女の子で、早瀬くんも同じタイプの男子だった。

私と誠二は友達関係を続けながら、次第にふたりで遊びに行く回数も増えていった。約束通り餃子とビールで乾杯フェスにも行ったし、彼が趣味にしているというデイキャンプにも連れていってもらった。自由奔放で少年みたいな心を持っている誠二は、私に色々な世界を見せてくれる。それはまるで、宝石のような時間に思えた。

「俺の彼女になってください！」

そう告白されたのは、渋谷《しぶや》の道玄坂《どうげんざか》にあるカレー屋にいたときだった。

異国情緒漂うスパイシーな香りと甘い告白は、とてもアンバランスだったけれど、ますます飾らなくて素敵な人だと思った。断る理由がなかった。


私は埼玉県でひとり暮らしをしていた姉の家に転がり込む形で暮らしていた。姉も私と同じように高校卒業を機に家を出たこともあって、私のことを快く住まわせてくれた。そんな姉と生活していたアパートに、誠二は何度も遊びに来てくれた。人懐っこい彼は姉ともすぐに仲良くなり、姉も大層彼のことを気に入っていた。

一方の誠二は私と違って自立していて、桜新町のワンルームに住んでいた。彼の口から語られる生活はどれも新鮮で、魅力しかなかった。

「今日からお世話になります！」

私はほどなくして、誠二の家で生活することを決めた。八畳の部屋には、テレビがあって、ソファがあって、ベッドがあって、テーブルがある。プライベートな空間なんてない部屋だけど、誠二と一緒にいられたらそれで良かった。

「お世話になるじゃなくて、今日から俺たちの家だよ」

「あ、そっか。うん、そうだね。じゃあ、これからよろしくね」

「うん、こちらこそ」

一緒に料理を作って、一緒に食べて、どちらかがお皿洗いをしている間に、どちらかがお風呂掃除をして、狭い浴槽に一緒に入って、寝返りができないベッドでくっついて眠りにつく。

涙が出るほど幸せだった、三年と六か月。

気づけば専門学校を卒業する季節を迎えて、私はブライダル関係の仕事、誠二は広告代理店に就職した。

敦子は授かり婚をして、お腹が目立つ前に私の仕事場で式を挙げた。相手は早瀬くんではなく、一回り年上の会社員。敦子いわく、結婚は勢いも大事だと言っていた。

私は誠二と将来について、深く話し合ったことはない。結婚を決めるうえで大切な要素を、誠二はすべて持っている。彼と大きな喧嘩をしたことがないほど関係は良好で、それはもはや長年連れ添った夫婦みたいな感覚だった。

不満も不安もなにひとつないのに、心だけは誠二とのズレを感じている。半分残っていたモンブランが、いつの間にか崩れていた。壁に投影されていた『アバウト・タイム』がクライマックスに近づいていく。

〝人間が恋をしているときは、他のいかなるときよりも我慢強くなる。そして、ほとんどすべてのことを受け入れられる〟

フリードリヒ・ニーチェの言葉のように、恋をしていると相手のことをなんでも受け入れることができる。私は誠二に笑っていてほしい。私は誠二が誠二らしくいるのが好きだ。――好きなはずなのに、やっぱり私の心の形は昔とは少しだけ違う。

人との付き合いを大切にしてる彼は、仕事の飲み会も絶対に断らない。今でも大学時代の友達と月一で集まってはキャンプを楽しんで、大好きなフェスのために有給を消化する。自分の好きなことを好きなときにやって、私に楽しい話を聞かせてくれる誠二は昔となにも変わらない。

たまには休みが合うときに出掛けようよ。久しぶりに旅行でも行く？　それとも日帰りのフェスの方がいい？　俺の同僚が三加に会いたいって言ってて、今度うちに挨拶がてら遊びに来たいって言うんだけど、いつなら都合良さそう？　あ、でも色々と準備するのが大変だったら俺らが行くようにする？　そいつんちにバーカウンターがあってさ、すげえカッコいいんだよ。三加が好きなビールもあるよ。

誠二を好きな気持ちは変わらないのに。大切に思う気持ちは変わらないのに、苦しくなる。

たまには飲み会を断ってほしい。友達じゃなくて、私と一緒にいてほしい。全部、全部、私のことを優先してほしい。

そうやって考えている自分に気付いてしまったとき、私はこのままだと彼を縛ってしまうと思った。もしかしたら、誠二の笑顔を奪うことも口走ってしまうかもしれない。途端に怖くなった。彼とあえて顔を合わさないようにしたことも、嘘をついて家に帰らない日だってあった。すべては誠二のことが誰よりも大事だったから。

「三加、電気つけるよ」

二時間の映画が終わった。スクリーンになっていた壁は今の私みたいにまっさらだ。

少し前まで誠二と距離を取っていたけれど、この一か月間はまるで昔に戻ったように心が重なり合えている気がする。

モンブランのお皿と飲み終わったコーヒーを片付ける。今日はお皿洗いとお風呂掃除の役割分担はしない。その代わりに、私は忘れ物がないか部屋を見回した。

誠二の物しか置かれていないワンルーム。プロジェクターだけはあげるよと言った。住むアパートが決まった私は、今日この家から出ていく。

別れようと伝えてからこの三十日間、私たちは今まで通り一緒にいた。彼が、住む場所が決まるまではここにいなよと言ってくれたからだ。

別れることが決まってからの私たちは、まるでタイムトラベルの能力を得たみたいに、過去の思い出の場所を巡った。

なにをするわけでもなく公園のベンチに座ってしゃべったり、行きつけの定食屋でご飯を食べたり。声が枯れるほどカラオケで熱唱して、わざわざ荒川《あらかわ》の河川敷まで出向いて、コンビニのお酒を片手に座った夜もあった。

なにひとつ間違ってないと思った。なにひとつ欠けてはいけない大切な時間を彼が私にくれた。

『全部俺の好きなものっす』

だから、私が好きな誠二のままでいてほしい。

楽しかった。幸せだった。

誠二と出逢えて良かったって、心からそう思っている。

「もう、行くのか?」

「うん」

私は荷物を持って、玄関に立つ。ふたりが好きだった時間を最後に過ごせて、本当に良かった。

「誠二、今までありがとう」

——『過去に戻れたら、俺たちはまた付き合うと思う?』

その答えはまだ、私だけの胸に秘めておく。

ふたりで暮らしたワンルーム。

シューズボックスの上に鍵を置いて、私は部屋を出た。

焦がれて、離れて、恋をして

ドイツ出身の思想家、フリードリヒ・ニーチェはこんな言葉を残している。

〝結婚するときはこう自問せよ。「年をとってもこの相手と会話ができるだろうか」そのほかは年月がたてばいずれ変化することだ〟

桜新町二丁目に住み始めたのは、高校を卒業した春からだ。高校時代、渋谷、二子《にこ》玉《たま》界隈で遊んでいた俺は品川《しながわ》にある大学に入った。電車で渋谷までは九分、二子《ふたこ》玉川《たまがわ》までは約五分、品川までは約三十五分の桜新町でワンルームを借りることは、俺にとって理想そのものとも言えた。

「なあ、サマソニ行かね？　今年はヤバいらしいんだよ」

うるさいと陽気を兼ね備えた俺の友人、早瀬は空を見ても、猫を見ても、旨いものを食っても〝ヤバい〟しか言わないような奴だった。

「早瀬のヤバいは信用できないんだけど？」

「いや、今回はマジでヤバいんだって！」

もみくちゃにされるフェスも悪くはないけれど、俺はどちらかというとモルカルみたいな落ち着いたライブの方が好きだった。けれど、早瀬のしつこさに根負けする形でサマソニに初参戦することになり、結果として普通に楽しめた。フェスはフェスティバルの略。つまり祭りという意味で、その帰りは大体みんなおかしなテンションになっていて、俺たちも例外ではなかった。

「うおおー、バス待ちの列エグっ！」

アドレナリンが出まくっている早瀬と俺の声が恥ずかしいくらいに重なった。

満員電車を避けるためにバスを使おうという考えは、他のフェス参加者も同じだった。いつ乗れるのかわからないほど続いてる列は、夢の国のアトラクション待ちに等しいほどの長さだ。

「これ乗れるまでどんくらい時間かかるんだよ。一時間？　それとも二時間か？」

「隣の駅まで歩いた方が早いだろ、絶対」

「歩こう〜歩こう〜俺らは元気〜♪」

下手くそな早瀬の替え歌を聴きながら、俺たちは勝ち誇ったように列の横を通りすぎた。——と、そのとき。サマソニのタオルを首から下げている女子ふたり組が目に留まった。

ひとりはフェス常連感が漂う登山女子みたいな格好をしていて、もうひとりは綺麗めのセットアップを着ていた。肌の露出はなくてもスタイルの良さは洋服越しでもわかる。

脳内にモルカルではなく、アジカンの曲が流れ始めた。先ほどまで会場に響き渡っていたロックに背中を押されるように、俺はセットアップ女子に声をかけていた。

「俺たち隣の駅まで歩くんですけど、一緒にどうですか？」

ナンパと言っていいのかわからないけれど、下心は確実にあった。普段空気が読めない早瀬は、こういうときだけ察する能力に長《た》けていて、俺とお目当ての女の子が並んで歩けるように、二対二に分かれてくれた。

「俺、森崎《もりさき》誠二っていう名前です」

「私は中野《なかの》三加です」

「何歳ですか？」

「二十歳です」

「え、じゃあ、タメっすね！　大学生ですか？」

「私は専門学校に通ってます。誠二くんは大学？」

声をかけて正解だと思うほど、三加は俺のタイプだった。見た目もそうだし、話し方も穏やかで、聞き上手。彼女もまた友達の誘いで今回のフェスに参加したらしく、そこにも勝手に運命を感じていた。

「バイトって、なにやってるんですか？」

「ファミレスのホールです」

「じゃあ、客から声かけられまくりですね」

「いやいや、まったくです」

「嘘だ。可愛いしモテなきゃおかしいって」

「誠二くんこそ、モテるでしょ?」

「俺の方こそ、まったく」

彼女は学校以外の時間はほとんどバイトのシフトを入れているそうで、友達と遊ぶことも滅多にないらしい。「私、本当につまらない人間で……」と申し訳なく言う彼女を見て、俺が知っている世界を見せてあげたいと思った。

「じゃあ、俺と一緒に楽しいことしません?」

「え?」

「秋に野外フェスがあるんですよ。名付けて餃子とビールで乾杯フェス! 全部俺の好きなものっす」

彼女がきょとんとしていたから、スベったかもしれないと不安になった。けれどすぐに答えが返ってきた。

「私も好きです」

俺のことを好きだと言われたわけじゃないのに、心が躍った。

それからすぐに四人の食事会が実現した。意気投合した俺たちは朝までカラオケで歌い、コンビニでストロング缶を買って、河川敷でしゃべった夜もあった。

居酒屋のトイレに貼ってある九十九万円で行ける世界一周旅行をしよう。海に行って、シュノーケリングがしたい。秋にはブドウ狩り、冬はグランピングもいいねという話をした。

それは、毎日渋谷と二子玉に入り浸っていた高校生のときのような、二度目の青春みたいだった。

早瀬は三加の友人、敦子ちゃんにすぐ手を出した。敦子ちゃんもまんざらではなかったらしく、すぐにふたりは付き合い始めた。

「敦子ちゃんって、年上の彼氏いなかったっけ？」

「いたけど、早瀬くんと付き合いたいから別れたみたいだよ。早瀬くんこそ、年下の彼女がいたよね？」

「あいつも敦子ちゃんと付き合うために別れたらしい」

「似た者同士だね」

友人たちの展開の早さは、俺と三加の背中を押した。俺は早瀬みたいに手を出したりはしなかったけれど、ふたりだけのデートを重ねた折に、彼女になってくださいと告白した。

三加は年子の姉と一緒に草加《そうか》に住んでいた。何回か彼女の家に遊びに行ったけれど、いつお姉さんが帰ってくるかわからない家は、終始落ち着かなかった。だから、俺は言った。

『ここから専門に通うの大変じゃない？』『敦子ちゃんの家って、たしか新宿《しんじゅく》だったよね？　桜新町からだったら三十分もかからないよ』『映画館はないけどツタヤがあるから、三加が観たいって言ってくれた「アバウト・タイム」を借りよう』『スタバのコーヒーも用意するよ』

自分の家がいかに住みやすいかということを毎日アピールした。その甲斐もあって三加は俺の家で暮らすようになった。桜新町のワンルームは、俺にとってさらに理想郷と呼べるものになっていた。

「――三加、準備できたよ」

「うん、ありがとう」

彼女がおそろいのお皿を持って、やってくる。テーブルには、近所のケーキ屋で買った四万十地栗のモンブラン。俺がカスタムしたスタバのコーヒーをその隣に置いて、プロジェクターのスイッチを入れた。

このプロジェクターは、敦子ちゃんの結婚式の二次会で三加が当てたものだ。敦子ちゃんが結婚した相手は早瀬ではない。あのふたりは展開こそ早かったものの、その付き合いは半年も続かなかった。一方の俺たちは、あれから三年六か月一緒にいる。

初々しさはなくても、俺と三加は出逢った当時となにも変わらない。スタバのカップに口を付けるタイミングも、手に取るタイミングも、飲むタイミングも、テーブルに戻すタイミングさえも同じだ。まるで長年連れ添った夫婦のように。

壁に投影されている映画が進む。場面はちょうど主人公がタイムトラベルの能力を父親から聞かされるシーンだった。

「三加は過去に戻れたら、なにがしたい？」と尋ねると、彼女は決まって同じ質問を返してくる。

俺は人生を楽しんできた方だから、戻りたい過去はない。強いていうのであれば、仮想通貨の利益とか、上がる株の情報とか、宝くじの当選番号を過去の自分に教えて億万長者になりたいという願望はある。

「過去に戻れたら、俺たちはまた付き合うと思う？」

そう聞くと、三加はまた答えを言わずに質問を返してきた。

「誠二は、私が彼女で幸せだった？」

俺はもちろんと答えた。三加とだったら、これからも幸せでいられると思っている。

なのに、彼女は一か月前、突然別れを切り出してきた。

俺は三加に好きな人ができたのではないかと疑った。でも彼女は違うと言った。

「それなら、なんで別れるの?」

「誠二にはずっと変わらないでいてほしいから」

「俺は変わらないよ」

そう繰り返しても、彼女は首を横に振るだけだった。意味がわからないし、納得もできなかった。

初めて心が躍ったあの日から、俺は心底三加に惚れている。一緒にフェスに行ったときも、デイキャンプをしたときも、『誠二とだったら、なんでも楽しい』と可愛い顔で言ってくれた。俺はその笑顔を守りたかった。ずっと笑っていてほしいから、ずっと楽しいことをしていきたい。

三加とだったら俺も笑っていられるって。本気で家族になりたいって、そう思っていた。

だから彼女のことをどうしても繋ぎ止めたかった。家を出ていくという三加に、新居が決まるまではうちにいなよと言った。この一か月間、ふたりで過ごした思い出の場所にたくさん行った。そうすれば、幸せだった日々を思い返して、別れることをやめてくれると思っていた。

けれど、彼女の意志は固かった。住む場所も決まってしまって、今日が最後の日。お互いに好きな映画を観て、ケーキを買って、スタバのコーヒーも用意した。俺はまだ諦めていなかった。

〝結婚するときはこう自問せよ。「年をとってもこの相手と会話ができるだろうか」そのほかは年月がたてばいずれ変化することだ〟

フリードリヒ・ニーチェの言葉のように、俺は三加とだったら、ずっと会話を重ねていける。

月日とともに変化していくことはもちろんあるだろうけれど、ふたりでいれば愛も増えていくだろうし、出逢った頃のまま楽しいことをこれからも見つけていけばいい。

三加は最後の荷物を持って、玄関に立った。どうして、なんで、と言いたい気持ちを抑えた。ここで泣きつくような男にはなりたくなかった。三加の前では、いつもの自分でいたかった。

「もう、行くのか?」

「うん」

俺はポケットに手を入れる。今日までの間、なんで三加が別れようと言ってきたのかわからなかった。

早瀬に聞いたら、お前が覚悟を決めるのが遅すぎたのではないかと言われた。女は早くプロポーズしてほしいものなんだと。

三年六か月、三加にとっては長すぎたんだろうか。まだお互いに二十三歳だ。身を固めるには早すぎる年齢だけど、彼女にとっては違ったのかもしれない。そういう理由しか、俺には思い付かなかった。

もしも、三加が悲しい顔を見せたら、名残惜しそうな素振りをひとつでも感じたら、これを渡そう。

「誠二、今までありがとう」

だけど、彼女の心は最後まで変わらなかった。

ふたりで暮らしたワンルームのドアが閉まる。ひとり残された俺は、彼女が置いていったシューズボックスの上の鍵を見つめた。


——『誠二は、私が彼女で幸せだった？』

どうして俺は、その質問を三加にしなかったのだろうか。

三加こそ、俺が彼氏で幸せだった？

俺は三加の幸せを願えない。

他の男と一緒になることすら、想像したくない。
俺は鍵の横に、渡せなかった指輪を置いた。

焦がれて、離れて、恋をする

久しぶりの休日。私は下ろし立ての洋服を着て街を歩く。

現在、住んでいる場所は都市開発が進んでいる新三郷《しんみさと》。アパートは駅から離れた静かなところにあり、近所にはツタヤどころか、タリーズもマックもミスドもココイチもないけれど、唯一スタバだけはある。

「あ、こんにちは！」

スタバに入ると顔馴染みの店員さんがレジに立っていた。いつの間にかこの店の常連として扱われるようになっていて、行くたびに声をかけてもらえる。

「今日お仕事、お休みですか？」

「やっと怒涛の十連勤が終わりまして」

「うわーお疲れ様です。いつものですよね？」

「はい、いつものお願いします」

誠二と別れて半年。前よりもよくコーヒーを飲むようになった。仕事は忙しいけれど、任せてもらえることも増えて充実した毎日を送っている。

私は店のカウンター席に腰かけて、彼のインスタを開いた。誠二と連絡は取っていないけれど、こうしてインスタだけは共有していて、彼はいつも楽しそうな写真を頻繁に載せている。

「……あ、」

誠二はちょうど、新しい写真を上げていた。

【いつものカスタムで、さんぽ中】

桜並木が続いている呑川親水公園《のみがわしんすいこうえん》。ふたりで何度も歩いた場所をさんぽしている彼の手には、スタバのコーヒーが握られている。

きっと誠二は帰り道にモンブランを買う。そしてあのプロジェクターで映画を観て、夜な夜な友達と落ち合って少年みたいな時間を過ごすんだろう。

ああすれば良かった。こうすれば良かった。もしもなにかが違っていたら、今も彼と一緒にいることができたんじゃないかと、たまらない気持ちになる夜もある。

でも、今でもなにひとつ変わっていない誠二を見て、自然と笑みがこぼれた。

元気ならそれでいい。なにも変わらない彼でいい。私はそんな誠二のことが心から好きだったから。

「さて、私は今日なにをしようかな？」

彼と同じコーヒーのカップに口を付ける。中身は誠二が教えてくれたものじゃなくて、自分で見つけたお気に入りのカスタム。そして、これが今の私の、いつものやつ。

――『過去に戻れたら、俺たちはまた付き合うと思う？』

彼といた日々は、私にとって今でも宝石みたいな時間。
だから答えはもちろん――。
過去に戻っても、また必ず誠二に恋をするよ。

君と僕のオレンジ
Sytry

あの日、ひとつに混ざり合った僕たちは、
甘酸っぱい、オレンジのような色をしていた。
未来を歩む君の手を、これからの僕は、握ることはできないけれど。
君と見た、あの光の美しさを、僕は、永遠に忘れることはないだろう。

山の中にある小屋のベッドで、初めて西森紗黄《にしもりさき》と肌を重ねたあと、彼女は涙を堪《こら》えるように、「私とは、いつ別れてもいいからね」と言った。

一瞬、頭が真っ白になったあと、ナイフで胸を抉《えぐ》られるような痛みが走った。

机の上のランプだけが、夜明け前の暗闇をぼんやりと照らしている。

高校三年間、この小屋が僕と紗黄にとっての、世界のほとんど全てだった。この小屋に来るのも、今日で最後だろう。

「別れるなんて言葉、紗黄から初めて聞いた。僕のこと、嫌いになった？」

ベッドに座りながら僕が言うと、紗黄は床の上に脱ぎ捨てられていた服を着始めた。紗黄がブラウスを着るとき、たくしあげた髪から、柑橘系の爽やかな香りがした。紗黄と手を繋いだとき、いつもほのかに香った、紗黄の匂い。

僕も床にあったシャツに手を伸ばした。

「嫌いになんて、なるわけないよ。絶対……」

「じゃあ、どうして？」

紗黄は部屋の中央にあるイーゼルの前に立った。そこには僕の描きかけの油絵がある。紗黄は愛おしそうに指で絵をなぞった。

「明日からふたりとも違う大学へ行くでしょ。遠距離になるし、これまでみたいに授業が終わったあと、ここに集まることもできない」

窓の横には古い木製の机がある。そこで紗黄が創作ノートにネタをまとめながらスマホで小説を書き、僕は少し後ろにイーゼルを立てて絵を描いて過ごした。それが画家になりたい僕と、小説家になりたい紗黄の日常だった。

放課後はいつもふたりでこの小屋に集まって、お互いの夢を叶えるために作品を作った。賞には何度も落選したけれど、僕は紗黄とこの小屋で過ごす時間が大好きだった。

「進学して日常が変わる。それだけのことだよ」

「でも、きっと今までにないくらい、変わってしまうことだってあると思う。もしかしたら朱侑《しゅう》にとっての私が、今と同じ私じゃなくなるかもしれない……」

凍てつくような夜の風が、窓ガラスをカタカタと揺らした。僕はなにも言葉が出てこなかった。

単に大学へ進学するだけ。そう思っていたのに。このとき僕は、これから起こる未来で、なにか大切なものを失ってしまうような、雑然とした、けれど大きな不安に襲われた。

その感情から目を背けるように外を見ると、あることに気付いた。もう少しで〝あの時間〟だ。

「正直言うとね。私、怖いんだ。高校と違って、大学へ行ったら、私と付き合ってることが、朱侑の絵の邪魔になるかもしれない。朱侑にとって私が、いらない存在になるかもしれない。そうしたら私、朱侑のそばにいる権利なんてない。きっと朱侑に、捨てられるべきなんだと思う。けれど、それを考えると、たまらなく怖いの。……ごめんね。いつ別れてもいいとか、自分で言ったのに……」

紗黄は苦しそうに微笑んだ。そんな顔を見ていられなくて、僕は紗黄をベッドに座らせたあと、頭を優しく撫でた。

「そんなこと、絶対にしないから」

何度も頭を撫でたあと、紗黄のおでこにキスをした。肩を抱いて、紗黄の頭を自分の胸にそっと近付けた。

「僕の夢なんかより、紗黄の方がずっと大切だよ。それに紗黄がいなかったら、僕はきっと生きていけない……」

抱きしめた紗黄の表情は見えなかった。

そのとき、窓の外が白く光った。紗黄は眩しそうに窓に目を向ける。

「始まった」

僕は小屋の扉を開けると、紗黄が寒くないように厚手の毛布をかけ、お姫様抱っこをして持ち上げた。

「どうしたの？」

紗黄は首を傾げる。

「僕と紗黄の、未来を見に行くんだよ」

きょとんとした顔の紗黄を抱っこしたまま、小屋の外へ出た。小屋のすぐ近くは緩やかな崖になっていて、微かに波が打ちつける音が聞こえてくる。

目の前には、群青色の空と海。視界を遮るものはなく、ふたつが重なり合う地平線までそれらが広がっている。夜を纏《まと》っていた空と海の青は、少しずつ淡く変化していく。

僕たちは空と海がよく見える場所に座った。風が冷たくて少し震えていたら、紗黄がくるまっていた毛布の中に入れてくれた。

「未来って、どういうこと？」

「見てればわかるから」

肩を寄せ合い、紗黄の手を優しく握る。

その瞬間、青に支配されていた世界が、一瞬にしてオレンジ色の光に包まれた。空も、海も、大地も、眩《まばゆ》いほどのオレンジ色に輝く。

「すごい。綺麗……」

見惚れるような顔で紗黄が言った。

太陽が夜を終わらせる。世界がオレンジ一色に染まる、日の出の始まり。

「僕は朱侑。だから、僕の色は〝朱〟。赤色だ」

オレンジ色に染まった紗黄の顔が僕に向けられる。少し不思議そうな顔をしていた。

「そして紗黄。名前に〝黄〟がある。だから紗黄の色は黄色。優しくて、笑顔の似合う紗黄にぴったりの色だよ」

オレンジ色は、さらに光を強める。その光を吸い込んだように紗黄の目はオレンジ色に輝いていた。

「赤色と黄色。ふたつを混ぜるとオレンジ色になるんだ。太陽が夜を終わらせる、光のような色。だから、僕たちの未来も、きっとそうなる」

オレンジ色が徐々に白くなると、太陽が姿を見せた。

夜が明けて、新しい朝が始まる。

「未来でどんな暗闇に閉ざされようとも、ふたりが一緒なら、きっとこの空のように、オレンジ色の光になって、暗い夜を終わらせられる。だからなにがあっても大丈夫だよ。未来でなにが起きるかわからなくても、一緒に歩めば、なにも怖くないからね」

紗黄は柔らかい笑みをこぼした。

重い荷物を下ろしたような声で「ありがとう」と言うと、僕と唇を重ねた。

何度もキスを交わすうちに、僕の中の不安がすっかり消えていることに気付いた。

大丈夫。僕らならきっと、別れたりしない。今までと変わらない、紗黄との幸せな時間は、永遠に続く。

僕は紗黄も同じ気持ちだと信じていた。

けれど、紗黄の瞳の奥に、僕が〝見ようとしていないなにか〟があることを、このときの僕は、気付かないふりをしていたのかもしれない。


僕と紗黄は大学に進学し、ひとり暮らしを始めた。僕の大学は地元の近くにあったが、紗黄の大学は東京にある。僕のアパートから電車と徒歩で二時間以上かかる場所に紗黄は住んでいた。

入学して一か月は、お互い忙しくて会うことができなかった。今日の夜、久しぶりに紗黄に会いに行く。

電話で話した感触から、どうやら紗黄は僕になにかサプライズを用意しているらしい。どんな手を使って僕を驚かせるつもりなのか気になるけれど、僕も対抗して紗黄にサプライズを用意した。薄っぺらなリュックに詰め込んだものを見せれば、きっと紗黄は喜んでくれるだろう。それかもしかすると、逆に怒らせてしまうかもしれない。

正直、不安の方が大きい。

「高一のとき、紗黄が山にある僕の家の小屋に迷い込んだんだ。そこのベッドで、小説の原稿を抱えて眠ってた。それが紗黄との出会い。最初、死体を見つけたかと思って驚いたよ」

僕は同じアパートに住む百草雛子《ももくさひなこ》の部屋で、電動ドライバーを手に大きな本棚を組み立てていた。

雛子は同じ大学のゼミに所属している。ゼミでは無口でひとを寄せつけないオーラを出しているが、見た目はモデルのように美人で、男子たちから絶大な人気を集めている。

紗黄との大切なデートの前に、女子とふたりきりでいるのは申し訳ないけれど、雛子も放っておけない理由があった。

雛子は見た目の割にちょっと抜けているところがあって、五万円の本棚を買ったはいいが、組み立てるのに工具が必要なことを見落としていて、僕の部屋に借りに来た。聞けばドライバーの使い方もよくわからないらしく、危険と感じた僕は代わりに組み立てることにしたのだ。

「彼女さん、小説家になりたいの？」

雛子はペット禁止のアパートでこっそり飼っている、ちょっとブサイクな猫を撫でながら言った。

他に話題はいくらでもあるのに「朱侑くんって彼女いるの？」から始まった会話がどんどん深掘りされていてちょっと不思議だった。

「そうだよ。出会ったとき、親に初めて自分が書いた小説を見せたようでね。親が読みやすいように紙に印刷までしたのに、一ページも読まないで、才能がないから現実を見て生きろって、怒鳴られたらしいんだ。それで家を飛び出して、偶然小屋を見つけた。僕は紗黄が眠っている間に、つい好奇心でその小説を読んでみたら止まらなくなって。起きる頃には全部読み終えてたよ」

「へぇ、面白かったんだ」

「うん。〝超〟ね。あまりに興奮して、紗黄が起きたあとに感想を伝えたら、ちょっと引かれたくらい。それから放課後は小屋に集まるようになって、いつの間にか付き合ってた。学校の勉強なんかより、紗黄と一緒にいる時間の方がよっぽど楽しかったよ」

やっと本棚が完成して、僕は雛子と部屋の空きスペースに設置した。

運んでいるとき、長い黒髪から甘い苺の香りがして、少しだけ緊張してしまった。

「今日はありがとう。今度お礼になにか作って持っていくから」

「気にしないで。僕、こういうの得意だし。また困ったことがあったら言ってよ」

玄関で靴を履く頃には、今日の夜に控えた紗黄へのサプライズのことで頭がいっぱいだった。

「彼女さん、うらやましいよ。朱侑くんみたいに優しい彼氏がいて」

ボソッと雛子が言った。よく聞き取れないまま、僕は猫を撫でたあと「またね」と部屋を出た。

紗黄のアパートに着く頃には、夜九時をまわっていた。

まずい。約束の時間よりかなり遅くなってしまった。

【三階の何号室だっけ？】

とラインしようとしたら、紗黄がドアの前でうずくまっているのが見えた。

「遅いよバカー！」

紗黄は涙目になりながら抱きついてきた。僕は紗黄を抱きしめながら謝った。

部屋はキッチン付きの八畳くらいの洋室で、北欧風のインテリアが女子っぽいお洒落な雰囲気を出していた。

「相変わらず紗黄はセンスが良いね」

僕が言うと、紗黄はすっかり機嫌を直して、褒められた子供のように笑った。

「お腹空いたでしょ？　今ご飯の用意するからね」

「あ、僕も手伝うよ」

紗黄は用意していた大量のシュウマイを机に並べた。僕は中華スープとご飯を盛り付けながら、先にサプライズを明かそうと決めた。

「ちょっと聞いてほしいんだけど」

「ん？　なに？」

僕は薄っぺらなリュックから五枚のパンツを取り出した。

「一か月、泊まってもいい？」

「え？」

紗黄はショートしたロボットのように固まった。

やっぱり、迷惑だったか。

大学なんて最低限単位が取れればいいし、最悪学期末のテストさえうまくいけば単位は取れる。その気になれば一か月くらい休んでも平気だろう。

それに勉強なんかより紗黄との時間の方がずっと大切だ。

そう考えての決断だったが、さすがにいきなり過ぎたのかもしれない。

「だ、大丈夫なの？」

「うん」

「留年とかしない？」

「うん」

紗黄はシュウマイには目もくれず、僕のもとへやってきた。多分、紗黄のサプライズであろう『朱侑だけに、シュウマイパーティー！』も、すっかり頭から抜け落ちているようだ。

紗黄は僕の胸に顔を押しつけると、甘えた子犬みたいに、何度も頭を振った。

「紗黄には、迷惑じゃない？」

「ううん。泣いちゃうくらい嬉しい」

僕はしばらく紗黄の頭を優しく撫でてやった。そして紗黄が落ち着いた頃、思い出したように紗黄は言った。

「朱侑だけに、今日はシュウマイパーティーだよ！」

わかってはいたが、僕は驚いたふりをした。ちなみに冷蔵庫にはシュークリームもあった。正直ダジャレは寒いけれど、全部紗黄の手作りだったことには驚いたし、あたたかい気持ちになった。


約束の一か月が過ぎても、僕は大学へ行くのは最低限にして紗黄の部屋に通い続けた。

ふたりでゲームをして、ご飯を作って、セックスすることもあった。夜はシングルのベッドにふたりで入って、手を繋ぎながら話をした。だいたい僕より早く紗黄が眠りに落ちて、僕は紗黄の寝顔を見守りながら眠った。

午後になり、紗黄が起きて大学へ行くのを見送ったあと、僕はひたすらスケッチブックに水彩画やアクリル画を描いて過ごした。

紗黄も大学の勉強の合間にパソコンで小説を書いていた。何度も賞へ応募したけれど、落選続きで、紗黄は少し自信を失くしていた。

「私って、やっぱり才能ないのかな……」

〝やっぱり〟は、親に言われた言葉が錆《さ》びた針になって心の奥に刺さっている証拠だろう。

そんな紗黄を励ましたくて、僕はこっそりネットに紗黄の小説を投稿した。

すると一日も経たないうちに絶賛するコメントがたくさん付いた。

それが紗黄にバレたときは、恥ずかしがった紗黄にポカポカと叩かれたが、コメントを見ると、チワワみたいに飛び跳ねて、大喜びしていた。

紗黄と暮らし始めて、少し気になったこともあった。

普段、紗黄は友達からの電話も僕の前で普通に出て、どんなことでもだいたい隠さずに僕に話してくれた。

特に仲の良い弟の千影《ちかげ》との電話は楽しそうだった。

けれどたまに、紗黄はどこからか電話がかかってくると、席を立ってベランダに行き、僕に聞こえないように窓まで閉めることがあった。

「誰から？」

と聞くと、紗黄はあいまいに笑って誤魔化した。

そんなようなことが何度かあった。多分、いつも同じ相手だろう。

すごく気になったけれど、紗黄が隠そうとしていることを無理やり暴くのは紗黄を傷付けることになると思ったし、僕はその電話がかかってくると、気にしないふりをしてやり過ごすことにした。


半年が過ぎた頃、風景画ばかり描いていた僕は、紗黄の似顔絵も描くようになった。何気ない日常にある紗黄のちょっとした変化でさえ愛おしくて、それを残したいと思ったのがきっかけだった。

「まだできないの？」

「もうちょっとだから。動かないで」

黒の鉛筆でデッサンを描き、色鉛筆や絵の具で色を付けて完成させるまで、だいたい一時間以上はかかった。できあがった作品を見ると紗黄は毎回すごく喜んでくれるけれど、完成まで動かないでいるのはひどく退屈なようだった。

「動かないで」と僕があまりにしつこく言ってしまったから、紗黄はふざけて口パクで文句を言った。

「そんなことないよ。紗黄の横顔はいつ見ても綺麗だから」

僕はなんとなく紗黄の口パクの意味がわかった。

「えっ！　通じちゃった！」

と紗黄は驚いた。どうやら当たりだったらしい。

「じゃあ、これなんて言ってるかわかる？」

紗黄はまた口パクを始めて、僕はそれを当てた。

いつしか似顔絵を描くたびに、この『口パク当てゲーム』が定番になった。

どんどん僕の口パク当ての技術は向上して、どんな長文でも紗黄の口パクならだいたい当てられるまでに成長した。

紗黄の部屋で過ごすうち、ここがまるで高校時代に過ごした小屋のように思えてきた。

場所が変わっても、僕は紗黄と過ごす時間がなによりも好きだ。

一方で、このときの僕は大学へ行くことも、大学を出てからなにをするか親に聞かれることも、大嫌いだった。


大学二年の夏。僕の単位が足りず留年間近だということを雛子の口から聞かされた。

どうやら紗黄の部屋に通い過ぎたらしい。

「教授に相談してみる？」

と心配する雛子とは逆に、僕はラッキーだと思った。

「一年留年すればそれだけ長く大学で遊べる。いっそ紗黄も留年して、ふたりで一年長く過ごそう」

そんなことを伝えに、僕は紗黄のアパートへ行った。きっと紗黄なら賛成してくれるはずだ。

部屋の前に着くと、微かに紗黄の話し声が聞こえてきた。

「誰かいるのかな？」

よく耳をすませると、紗黄の泣き声も混じっていた。

なにかあったのだろうか？

合鍵を使い、恐る恐る扉を開いた。

「紗黄？」

紗黄は僕に気付くと、慌てた様子で手にしていたスマホを操作し、電話を切った。

そして涙をふいて、僕がなにか尋ねる前に、

「なんでもない……」

と答えた。

気まずい沈黙が流れた。耐えきれなくなった僕は、

「ネトフリでも見ようよ」

と誘った。

映画の途中、単位の話をした。

珍しく紗黄は怒った。

「ありえない。来学期から真面目に授業を受けないなら、部屋には入れさせないから」

キッパリと言われ、僕の留年の計画は終わった。


大学三年生の冬になると、周りは少しずつ就活を始めた。

紗黄も突然、リクルートスーツを買ってきて、企業にインターンに行くと言いだした。

紗黄の部屋にいた僕は「必要ないよ」と言った。

「どうして?」と紗黄は僕の声に振り返る。彼女はスーツを着て、インターンのための証明写真を撮りに行こうとしていた。

「ちょっと考えたんだけどさ。地元に帰って、例の小屋をアトリエに改築しようと思うんだ」

「アトリエ?」

「そう。そこで僕の絵を売りながら、紗黄と一緒に暮らすの。子供もたくさん作って。

紗黄も僕の手伝いをしながら小説家を目指せばいいよ。きっとすぐ売れっ子作家になれる。良いアイデアだと思わない？」

紗黄は顔を伏せたあと、少し口角を上げて笑った。

「それも夢みたいで楽しそうだけど、普通に就活することもちょっとだけ考えてみようよ」

そう言って紗黄は証明写真を撮りに部屋を出た。

紗黄なら迷うことなく賛成してくれると思ったのに。少し残念だった。

「夢みたいって……」

そういえば最近、紗黄が小説を書いている姿を見なくなった。楽しみにしていた新作も、まだ一ページ目で止まっている。

このままじゃ、紗黄が普通の社会人になってしまう気がした。僕とアトリエで暮らした方が絶対に幸せだと思うのに。

「……そうだ。夢で終わらなきゃ、紗黄も納得するかも」

思い立った僕は、スマホで調べながら手帳に計算式を書き、ある計画を練った。

紗黄との幸せな未来を実現するためなら、僕はなんでもする覚悟だった。

ある日、僕は紗黄とカフェにいた。紗黄と一緒にいて、こんなに気乗りしないのは初めてだった。

目の前には、紗黄の先輩で社会人二年目の七宮誠一《ななみやせいいち》さんという男がいた。黒髪で高そうなスーツを着ており、見るからに爽やかなエリートという感じだ。

大手貿易会社に勤めているそうだから、本当にエリートなのだろう。

「就活の参考になれば」

と無理やり紗黄は僕と七宮さんを会わせた。

「学生と社会人の違い？　そうだね。自由な時間は少なくなるけれど、その代わりお金はあるから、ある意味、今の方が自由で楽しいことは増えたかも。俺の場合は今の方が好きだね」

コーヒーを飲みながら、低く落ち着いた声音で話す七宮さんに、紗黄は憧れるような視線を送っていた。

僕は自分でも嫌になるくらい嫉妬してしまい、早く帰りたいと思った。

七宮さんは僕らが高校の頃から付き合っていると知ると、

「うらやましいな……」

と呟いた。

「俺も高校の頃から付き合っていた子がいたけれど、社会人になる前に別れちゃってさ。そのときは立ち直れないくらい傷ついたし。ふたりには、これからもずっと仲良しでいてほしい」

声には悲しさが滲んでいた。

僕はテーブルの下で紗黄の手を握り、

「別れるなんて、絶対にありませんから」

と言った。

「そっか。幸せにするんだよ」

七宮さんは微笑んだ。

その日は二時間くらい話して解散となった。

七宮さんの話を紗黄はメモを取りながら夢中で聞いていた。けれど僕はいくら話を聞いても、社会人になるとはどういうことなのか、最後までピンとこなかった。


四年生になると、紗黄は本格的に就活を始めた。僕は相変わらず紗黄の家に入り浸り、就活もほとんどしなかった。

紗黄は何件も企業の面接へ行き、なかなか内定をもらえずにいた。面接で落ちるたび、疲れ切った表情で帰ってくる紗黄を見るのは心が痛んだ。紗黄は日に日に窶《やつ》れている気がした。

僕はそんな紗黄が心配で、たまには息抜きをするのも大事だと思い、久しぶりに紗黄を僕の部屋に招くことにした。ここなら企業のパンフレットも就活の情報誌もないから、紗黄の部屋にいるよりも、就活を忘れてゆっくりできるはずだ。

少しでも元気を出してもらうために、夕飯には紗黄の好きなお好み焼きをホットプレートで焼いた。

あまり食欲はなさそうだったけれど、紗黄は喜んで食べてくれた。

夕食のあと、ふたりでテレビを見ていたとき、紗黄はあるニュースを目にして、涙を流した。

それは社会人一年目の子が、仕事の過労によって自ら命を絶ったというニュースだった。

僕は紗黄の肩を優しく抱いた。けれど紗黄の涙は止まらなかった。

ニュースを見て、紗黄は思ったのかもしれない。苦労して就活をして内定をもらっても、待っているのは、苦しい現実ばかりであると。

「就活、やめにしようよ」

僕の言葉に、紗黄は涙をふいて俯いた。

「前に言ったアトリエの話。僕、本気で考えてたから」

預金通帳を取り出し、紗黄に見せた。最初にアトリエの話をしてから、夢を現実にするために、僕はこっそりアルバイトをして貯金していた。

「このお金で小屋を改築しようよ。ちょっと少ないけれど、材料を買って、自分たちでやればなんとかなると思う」

「……そんなの、無理だよ」

紗黄の声は、まるで死を目の前にしたひとのように、暗い色を帯びていた。

通帳を机に置くと、僕は紗黄の顔を覗き込んだ。

「なにか隠してるの？　僕に言えない、つらいことがあるの？」

僕は単刀直入に疑問をぶつけた。

紗黄はまた涙を流した。

息をするのもやっとなくらい壊れそうになりながら、紗黄はひと欠片《かけら》ずつ言葉を紡いだ。

「大学に入ってから、ずっとお父さんの体調が悪いの。全然、良くならなくて、一昨年の夏には入院もしたんだけれど、今年に入って、仕事を辞めさせられたの」

僕は冷たい水の中に落とされた気分になった。

そういえば、前に泣きながら電話をしていたことがある。それはきっと、父親の体調についての話だったのだろう。

「私の大学の費用はなんとかなるけれど、このままだと弟が大学に行けないの。私の奨学金もあるし、卒業したら、私がお父さんの分までお金を稼がないと……」

涙に濡れた紗黄は、血が抜けたように青ざめ、床に膝から崩れ落ちた。

こんなに紗黄が追い詰められているのに、なにも知らず、気付いてあげられもしなかった自分に怒りが湧いた。

だから紗黄は小説を書くのもやめた。面接に受かろうと必死で努力してきた。

全部、家族のために。

「だめだよ紗黄。まずは僕を頼ってよ」

「だって、朱侑はアトリエの夢に夢中だったから」

「夢じゃないよ。ふたりなら叶えられる。僕の絵を売れば、きっと全部解決できるくらいのお金になるよ。だから、一緒に暮らそう」

僕は紗黄を優しく抱きしめた。いつも温もりを分け合うときのように。けれど紗黄の手は僕の背中には回らず、だらりと垂れたままだった。

「面接に受かって社会に出たって、嫌なことしか待ってないよ。自殺した子みたいに。紗黄の心が壊れていく姿なんて、見たくない」

「無理だよ。ごめん……」

ごめん、と、紗黄は力なく繰り返した。

「信じてよ。なにがあっても紗黄を守るから。紗黄のためならなんだってできるから。言ったでしょ。一緒なら、オレンジ色の光になれるって。どんな長い夜でも終わらせられるって」

紗黄は少し顔を上げた。それからしばらく無言が続いた。

「オレンジ色の……」

紗黄はそう呟くと、床から静かに立ち上がった。どこか遠い目をしていて、まるで別人のようだった。

「ごめん。私はもう、あの頃のようにはなれない」

その言葉を残して、紗黄は部屋を出ていった。その仕草や声色が、もう二度と、紗黄は戻ってこないとさえ思わせた。

しばらく僕は、玄関の扉を見つめたまま立ち尽くした。

目の前が灰色に染まっていき、不安と恐怖が入り交じった複雑な感情が、胸の中を蝕《むしば》んでいった。


それから何日も僕は紗黄に連絡する勇気を持てずにいた。紗黄からの連絡も来ない。紗黄のＳＮＳもあの日から更新されなくなっていた。

紗黄の心がわからなくなっている自分がいた。

どうすれば紗黄と仲直りできるのか、紗黄にどんな言葉をかければ正解なのか、僕にはわからなかった。

紗黄の部屋の合鍵を見つめ、たくさんの選択肢を頭の中で浮かべていたとき、不意にチャイムが鳴った。

「もしかして、紗黄？」

僕は期待に背中を押されて、部屋の扉を開けた。

そこいたのは雛子だった。申し訳ないが、すごくがっかりした。

「ビーフシチュー作りすぎちゃって。良かったら食べる？　私的には美味しかったけど」

雛子は両手で鍋を持っていた。正直、食欲はないけれど、受け取らない訳にもいかない。

「どうしたの？　顔色悪いよ」

雛子の顔が僕の目の前に迫る。

「ちょっと色々あってね」

「色々って？」

僕は雛子に事情を話すことにした。本当は紗黄と僕の問題を誰かに話すべきではないと思ったけれど、同じ女子である雛子なら、今の紗黄の気持ちもわかるかもしれないという少し狡《ずる》い考えが浮かんだからだ。

「僕、今すごい暗いけど大丈夫？」

「全然。とりあえず、中で話さない？」

雛子の提案に僕は従うことにした。

コーヒーを入れ、ソファーに並ぶと、僕は紗黄との出来事をひとつひとつ話した。

紗黄が知られたくないであろうことは伏せたけれど、雛子は話を聞き終えると、ほとんど全部事情を飲み込んだように小さく頷いた。

「どうすればいいと思う？」

縋《すが》るように僕が聞くと、

「私個人の意見だけど」

と前置きして、雛子は話し始めた。

「朱侑くん、飲み会で酔ったとき、よくひとを色にたとえるよね。自分は赤色で、彼女さんは黄色。だから彼女さんと混ざると、朝日みたいに綺麗なオレンジ色になれるって」

酔っていたとはいえ、雛子にその話をしていたとは思わず、恥ずかしさで頬が熱くなった。

そんな僕に雛子は微笑んだ。

「すごく素敵な考え方だと思うよ。私は嫌いじゃない」

けれどね、と、雛子の声音がいつになく真剣なものへと変わった。

「もし、みんなそれぞれ違う色を持っているのなら、変わらずに同じ色でいられるひとなんて、いないんじゃないかって思うんだ。その色って、少しずつ変わっていってしまうのが普通なんだと思う」

雛子は呼吸を整えるように、コーヒーカップに唇を付けた。

「だから彼女さんの色も、朱侑くんの色も、少しずつ変わってしまったんだと思うよ。今のふたりを混ぜても、きっと昔みたいに綺麗なオレンジ色にはなれない。ふたりはもう、赤でも黄色でもないんだから……」

僕はしばらく呆然とした。雛子の言葉は、心臓に深く突き刺さるように痛かったけれど、自分の見えなかったものが、見ようとしなかったものが、明るみに出た気がした。

僕は高校時代のまま、楽しいだけの今が永遠に続けばいいと願っていた。

けれどそう願うあまり、変わり続けていく紗黄の心が見えていなかった。

紗黄は不安ばかりの未来に怯え、冷たい現実と戦っている。思い返せば、そんな紗黄に僕は理想ばかりを押しつけてしまっていた。

「僕らはもう元には戻れないの？」

喉が千切れるような痛みを感じながら言った。

「私にはわからない。けれど、伝えたい想いがあるなら、伝えてみればいいと思う」

雛子はビーフシチューをあたためて、器に盛ってくれた。

驚くほど美味しくて、僕は口の中いっぱいに頬張って完食した。

「ありがとう。すごく美味しくて、元気出たよ」

僕が言うと、雛子も嬉しそうに微笑んだ。


雛子と別れて、コンビニに向かった。紗黄の好きなお菓子を買い、たくさんリュックに詰めた。

直接、紗黄に会って謝ろう。今度は紗黄の話をしっかり聞いて、どんなことでも真剣に受け止めよう。そして自分の想いを伝えよう。

僕は覚悟を決めた。紗黄の家に向かいながら、一時間おきに電話をかけた。

三回目でようやく紗黄に繋がったときには、紗黄のアパートのすぐ近くまで来ていた。

「あのね。紗黄……」

僕の声が自分でも震えているとわかった。

ごめんね。その言葉が喉の奥で声になろうとしていたときだった。

「別れよう……」

紗黄は囁《ささや》くように言った。

内臓を握り潰されたような痛みがお腹に走った。

なんとか理性を繋ぎ止め、声を出した。

「直接会って話そう。大切なことなら尚更……」

「今は無理」

「どうして？」

「別のひとといるから」

背中に凍りつくような悪寒が走った。

「こんな遅くに、誰と？」

「……七宮先輩」

心臓が激しく音を立てる。言葉に詰まっていると、紗黄は僕を拒絶するような声音で言った。

「寝たの。七宮先輩と……」

スマホが手から滑り落ちた。画面に反射した僕の顔は、バラバラに割れていた。

紗黄に別れを告げられてから、どれくらい時間が過ぎただろう。僕は大学へ行くことはおろか、お風呂に入ることも、食事を取ることもできず、ただベッドの上で呆然と過ごしていた。

このまま消えてしまいたいと願っていたとき、紗黄の弟の千影からラインが来た。

【姉貴が実家に帰ってきてから泣いてばかりいて。朱侑さんになんとかしてほしいんだけど……】

どうやら千影は僕と紗黄の現状は知らないらしい。文面から純粋に紗黄を心配する気持ちが伝わってくる。

もしかしたら紗黄は僕と別れたことを後悔しているのかもしれない。

ほんの僅かな希望にも縋りたい気持ちだった。

僕は紗黄にラインする。

【あの小屋で待ってるから。もう一度話をしよう】


四年ぶりに僕は小屋へ行った。

夜になると、昔と同じように毛布にくるまって、外で紗黄を待った。

しかし、いつまで待っても紗黄は現れなかった。

夜風の冷たさに肌が震えた。

既読の付いたメッセージを見つめながら、心には後悔ばかりが浮かんだ。

「紗黄と喧嘩した日、画家になる夢なんて捨てて、僕も就活して紗黄と一緒に働くと言えば良かった……」

そうすれば今頃紗黄は隣にいてくれて、これからもずっと紗黄と一緒にいられたかもしれない。

激しい感情の波に溺れて、僕はもう二度と、絵筆を握ることはないと思った。

そのとき、夜が明けた。

結局、紗黄は来なかった。

ふたりの終わりを肌で感じ、涙で滲んでいく視界に、眩しいほどの光が見えた。

それは、オレンジ色の光だった。

あたり一面がオレンジ色に染まっていく。

空も、海も、涙さえも。

見惚れるほど美しい光景は、絶望の淵にいた僕に、なにか大切なことを伝えようとしている気がした。

（紗黄side）


朱侑と別れてから、六年が過ぎた。

水曜日の午後、カーテンから差し込む光を拒むように、布団の中にもぐった。

医師に言われて、今は会社を休み、少しの間、実家で暮らすことになった。

故郷に戻ってくると、どうしても朱侑のことを思い出す。

『一緒に暮らそう』

『なにがあっても紗黄を守るから』

朱侑の言葉が頭に響いた。

朱侑との別れを思い出すたび、後悔と罪悪感に、心臓と肺が潰れてしまいそうなくらい痛んだ。

私たちが別れてしまったのは、朱侑が悪かったわけでは決してない。ただ、お金という暗い現実を背負ってしまった私が、朱侑と一緒にいられなくなるくらい、変わってしまったのだと思う。

私は、朱侑のことが大好きだった。

親に小説家になる夢を否定されて、自分自身の存在が消えてしまいそうになったとき、朱侑は私の小説を「面白い」と言って褒めてくれた。親は一ページも読んでくれなかったのに、朱侑は見ず知らずの私の小説を、しっかりと全部、大切に読んでくれた。私の夢を真剣に聞いてくれたし、いつも背中を押してくれた。

それは小説だけじゃない。どんなときでも朱侑は、心から私を信じてくれた。私のことを誰よりも愛してくれた。優しく支えて、守ってくれた。

別れたときでさえも、朱侑が私を、世界で一番愛してくれたように。私も負けないくらい、世界で一番朱侑のことを愛していた。

けれど私には、朱侑と手を繋いだまま、その先の未来を歩む勇気がなかった。

よく朱侑はひとを色にたとえた。

私が黄色で、朱侑が赤色。私たちが混ざり合えば、長い夜を終わらせる朝日のような、美しいオレンジ色になれると彼はよく言っていた。

けれど私は、眩しい夢ばかり語る彼に、いつしか自分の気持ちを素直に言えなくなってしまっていた。本音を押し殺して、狡いくらい隠そうとさえした。

そうやって私の色は、少しずつくすんで、濁ってしまったんだと思う。私が朱侑と混ざり合っても、きっと濁りきった暗い色にしかならない。

真っ直ぐに夢を語ることができる彼には素直に自分の気持ちを言える、我慢なんてしない女の子が似合うと思った。

好きという気持ちだけが重たい私なんかよりも、混ざり合って、綺麗な色になれるひとの方が、きっと朱侑を幸せにできる。

私と一緒にいたら、いつか朱侑の大切なものさえも壊してしまうかもしれない。

それが怖くて、耐えられないくらい悲しくて、朱侑と別れることを決めた。

一方的に別れを告げて、ラインも返さなかった。無理やりにでも朱侑に別れを納得させるために、七宮先輩に頼んで口裏を合わせてもらうことにして、浮気をしたと嘘までついた。

朱侑に憎まれても当然だ。

嫌われても当然だ。

今でもあのときの自分は、どうしようもないくらい弱くて、最低だったと思う。

朱侑の心と向き合うこともせず、私は彼を傷つけることで、彼から逃げた。

そうして気が付いたら、ポストに朱侑に渡した合鍵が入っていた。

これで全部終わった。

そう思ったとき、涙が止まらなかった。

深い暗闇のような罪悪感に心は沈んでいき、鋭い針で何度も突き刺されるように胸が痛んだ。

世界で一番私を愛してくれたひとが、きっと今は、世界で一番私を憎んでいる。

自分でしたことなのに、その事実は、消えないタトゥーみたいに、私の心に深く、青黒い傷を残した。

朱侑と別れ、社会人になってからは、とにかくお金のために働いた。

なんとか大手企業に就職し、一年目から高い給料をもらった。

その代わり、残業時間は長く、日をまたぐことも珍しくなかった。上司は厳しくて、理不尽な理由で怒鳴られたことも何度もあった。

それでもお金はたくさん稼げるから、なんとか弟の千影を大学に行かせることができた。

けれど無理な仕事を繰り返したせいで、私は心と体を壊してしまった。

休みの間、家に引きこもってばかりの私を見兼ねた千影に、半ば無理やり外へ連れ出された。

ふたりで駅前を歩いていると、

「ちょっと用事があるから、姉ちゃんはここで時間つぶしててよ」

と美術展のチケットを渡された。まるであらかじめ用意してあったかのようだ。

「絵を見るの好きだったでしょ？」

「今は別に。昔のことだよ」

朱侑と付き合っていた頃、よく美術館へデートに行っていた。けれど今は絵の具の匂いを嗅ぐだけで、朱侑のことを思い出してつらくなる。

「いいよ。先帰ってるから」

チケットを受け取らずにいると、千影が言った。

「今でも後悔してることがあるなら、行った方がいいよ。きっと姉ちゃんなら、大切なことを思い出せるから」

意味深な響きの千影の言葉に、私の心が小さく揺れた。

「別に、後悔なんて……」

そう言いつつ、朱侑の顔が浮かんだ。

「そうかな？　俺には苦しそうにしか見えないけど」

千影はチケットを無理やり押しつけ、

「じゃ、俺行くから」

と走っていった。

チケットを見ると、海外や日本で有名な画家の作品を集めた美術展のようだ。

ここへ行くことが、私の後悔となんの関係があるのだろうか。絵を見るだけで、過去が変わるわけじゃないのに。

「とは言え、チケットを捨てるのも出展したひとたちに失礼だし」

それに千影の言葉が気にならないといえば嘘になる。

気が付くと私の足は、会場へ向かい歩きだしていた。

会場である美術館に着くと、白く洗練された空間に、様々な絵画が展示されていた。風景画や肖像画。静物画に、博物画。

どれも題材やテーマは違うけれど、作者の個性が宿ったような絵筆のタッチと美しい色使いに魅了された。

奥へ進むほど、照明は暗く落とされていく。白い光が、絵画だけを静かに照らしていた。

まるでこの空間だけ、世界から切り離されたように神秘的だった。

絵を眺めながら、ゆっくりと進んでいく。

百点を超える絵画の中で、ひとつの作品に長い時間足を止めているひとはほとんどいなかった。

そんな中、美術展の一番奥に、人だかりができているのが見えた。

どんな絵が展示されているのだろう？

絵を前にした人々は、息をするのも忘れたかのように静止していた。

絵の周りだけ、時間が止まっているようにさえ思えた。

私も近付いていく。なぜか懐かしい気配がして、導かれるように、絵の前へ足を踏み出した。

視界が開けた瞬間、オレンジ色の光が、私を包んだ。

「朱侑……」

息ができなくなるほど、私はその絵に見入った。

朝日がオレンジ色の光を放ち、暗い夜を切り裂いていく。群青色の空と海はオレンジ色に染まり、それを毛布にくるまったふたりの男女が、小屋の近くで、肩を寄せ合いながら見つめている。

それは大学へ行く前、まだ朱侑と私がオレンジ色になれた頃。ふたりで見た、日の出の景色だった。

涙で視界が霞《かす》んでいく。作者は見なくてもわかった。

【小日向《こひなた》 朱侑】

タイトルは【永遠の光】。

まるで過去に吸い込まれたように、朱侑との楽しかった思い出が蘇ってきた。

それはあたたかなオレンジ色の光となって、長い夜のような暗闇に飲み込まれていた私の心に、そっと光を灯した。

「そうだ。あのとき私は、こんなに幸せだったんだ……」

あふれる涙が止まらなかった。

世界で一番好きだった朱侑を傷つけてしまったことが、ずっと心に暗い陰を落としていた。

けれどその陰も、オレンジ色の光は優しく照らしてくれた。

朱侑は私との思い出を、こんなにも美しく描いてくれた。朱侑は私のことを、憎んでなんていなかった。

朱侑との恋は終わってしまったけれど、あの日見た、美しいオレンジ色の光は、今でも思い出の中で輝き続けている。

私にとっても、朱侑にとっても、ふたりで過ごした思い出が、かけがえのない大切な光であることを、朱侑の絵が教えてくれた。

そしてこれからもずっと、その光が消えることはない。

永遠の光と、朱侑がこの絵に名付けたように。

そのとき、何人かに連れられて、こちらに向かってくる人物がいた。

息をのんだ。朱侑だった。六年経っても見た目はほとんど変わっていない。

けれどこの絵を描いて、美術展に出展するまでに、私には想像もつかないほどの努力を重ねてきたのだろう。

私と別れてからも、朱侑は絵を描き続け、夢を叶えたのだ。

近付いてくる彼の隣には、長い黒髪の女性と幼い女の子がいた。

どうやら結婚して、子供もいるみたいだ。

朱侑と目が合うと、彼は歩みを止めた。

私に気付いたのだろうか？

私は声を出さずに、

「この絵を描いてくれて、ありがとう」

と言った。大学時代、私の似顔絵を描いてくれたときにした、口パク当てゲームのように。

多分、伝わらなかっただろうと思った。

でも、それでいい。

私たちはもう、別の人生を生きているのだから。

顔を伏せて、朱侑とすれ違った。

そのときだった。

朱侑は私にだけ聞こえるように、小さな声で言った。

「僕の方こそ、ありがとう」

外は日が沈みだし、オレンジと赤の光に包まれていた。

茜色の雲を眺めていると、なんとなく、もう二度と朱侑と会うことはないだろうと思った。

あの日、朱侑と別れてから、私は朱侑と違う道を選び、冷たい現実の中を生きてきた。

そしてこれからも。朱侑のいない毎日を、私は歩んでいく。

けれど私の心には、もう暗い後悔や絶望はなかった。

家に帰ると、パソコンを使い、何年かぶりに小説を書いた。朱侑と過ごしたあの日のように、頭に浮かんだ物語を、自由に形にしていく。

「朱侑、見ててね。今からでも少しずつ、私も夢を育てるから」

今はもう、何色にもなれなくても。

思い出の中で、朱侑と心に灯したオレンジ色の光は、たしかな希望となって、今の私を支えていた。

Profile

櫻 いいよ《さくらいいよ》

大阪府在住。デビュー作『君が落とした青空』は累計24万部を突破し、映画化。『交換ウソ日記』シリーズ（すべてスターツ出版）は累計50万部を突破し、コミカライズ（双葉社）。同作は、２０２3年夏に映画化が決定。

小桜 菜々《こざくらなな》

北海道出身。『またね。』で「野いちごグランプリ２０１３」ブルーレーベル賞を受賞しデビュー。著作に『この恋が運命じゃなくても、きみじゃなきゃダメだった。』などがある（すべてスターツ出版）。

永良 サチ《ながらさち》

北海道出身。『キミがいなくなるその日まで』で作家デビュー。『１００日間、あふれるほどの「好き」を教えてくれたきみへ』で「第3回野いちご大賞」大賞を受賞（すべてスターツ出版）。

雨《あめ》

宮城県在住。『ずるいよ先輩、甘すぎます』で「第5回野いちご大賞」野いちご文庫賞を受賞しデビュー。『きみと真夜中をぬけて』で「きみの物語が、誰かを変える。小説大賞」大賞を受賞（すべてスターツ出版）。

Sytry《しとりー》

長野県出身。『30秒後に意味がわかるとこわい話』で作家デビュー。著作に『上書き保存のできない、たったひとつの恋だった。』などがある（すべてスターツ出版）。

紀本 明《きもとあきら》

『社内恋愛注意報！』（スターツ出版）で作家デビュー。『あの日言えなかった言葉はいつかの君に届くだろうか』で「こはならむ・堂村璃羽×スターツ出版 楽曲コラボコンテスト」短編賞を受賞。

冨山 亜里紗《とみやまありさ》

横浜市在住。新聞記者を経て、執筆を始める。『つま先立ちの恋』で「こはならむ・堂村璃羽×スターツ出版 楽曲コラボコンテスト」短編賞を受賞。本作がデビュー作となる。

Letter

橘 七都《たちばななと》

長野県出身。『たゆたう。』で「こはならむ・堂村璃羽×スターツ出版 楽曲コラボコンテスト」短編特別賞を受賞。本作がデビュー作となる。

金犀《きんせい》

東京都在住。現役大学生。『涙、取り消し線』で「こはならむ・堂村璃羽×スターツ出版 楽曲コラボコンテスト」短編特別賞を受賞。本作がデビュー作となる。

月ヶ瀬 杏《つきがせあん》

大阪府出身。『5分で読書 アイツに届けわたしの想い』（KADOKAWA）に「放課後の通学路」収録。『訳アリ同期は甘え上手な居候』で「第一回めちゃコミック女性向け漫画原作賞」大賞を受賞、コミカライズ配信中。

蜃気羊《しんきよう》

北海道出身、長野県在住。書店勤務を経て、執筆を始める。切ない記憶を想起させる詩や超短編をTwitter(@shinkiyoh)に投稿している。本作がデビュー作となる。

梶 ゆいな《かじゆいな》

大阪府在住。『雇われ姫は、総長様の手によって甘やかされる。』で「野いちご第4回胸キュンSSコンテスト」大賞を受賞。本作がデビュー作となる。

ファンレターの宛先
〒104-0031 東京都中央区京橋1-3-1 八重洲口大栄ビル7F
スターツ出版（株）書籍編集部 気付
櫻いいよ先生／小桜菜々先生／永良サチ先生／雨先生／Sytry先生／紀本 明先生／冨山亜里紗先生／橘 七都先生／金犀先生／月ヶ瀬 杏先生／蜃気羊先生／梶ゆいな先生

それでもあの日、
ふたりの恋は永遠だと思ってた

2023年3月28日　初版第1刷発行

編　者　スターツ出版

著　者　櫻 いいよ ©Eeyo Sakura 2023
小桜 菜々 ©Nana Kozakura 2023
永良 サチ ©Sachi Nagara 2023
雨 ©Ame 2023
Sytry ©Sytry 2023
紀本 明 ©Akira Kimoto 2023
冨山 亜里紗 ©Arisa Tomiyama 2023
橘 七都 ©Nanato Tachibana 2023
金犀 ©Kinsei 2023
月ヶ瀬 杏 ©An Tsukigase 2023
蜃気羊 ©Shinkiyoh 2023
梶 ゆいな ©Yuina Kaji 2023

発行者　菊地修一

発行所　スターツ出版株式会社
〒104-0031
東京都中央区京橋 1-3-1 八重洲口大栄ビル7F
出版マーケティンググループ
TEL 03-6202-0386（ご注文等に関するお問い合わせ）
https://starts-pub.jp/

印刷所　大日本印刷株式会社
Printed in Japan

編　集　森上舞子

ISBN 978-4-8137-9222-2 C0095

中３の菜摘は、友達に誘われて行った高校の体験入学で先輩の大輔に一目惚れ。その高校に行くことを決意する。いつしかふたりは仲よくなり、“またね”はふたりの合言葉になった。ずっと一緒にいられると思っていた菜摘だけど、大輔に彼女ができて——。切ない恋の実話に涙が止まらない！

ISBN：978-4-8137-9016-7

100日間、あふれるほどの「好き」を教えてくれたきみへ

余命3か月。一生分の幸せな恋をしました。

第3回 野いちご大賞 大賞受賞作！

永良サチ・著

定価：1320円
（本体1200円＋税10％）

感動のレビュー！

ふたりの生き方や言葉に何度も胸が打たれました。（丸井とまとさん）

私の心の中に一生残る物語です！すごく感動しました。（あんさん♪さん）

この話は号泣必至のハッピーエンドです。（宝希☆／無空★さん）

最初で最後の好きな人が、きみでよかった――。

余命３カ月と宣告された高１の海月は、心細さを埋めるため、帰り道に偶然会ったクラスの人気者・悠真に「朝まで一緒にいて」と懇願する。海月はそのことを忘れようとするが、海月の心の痛みに気づいた悠真は毎日話しかけてくるように。「俺は海月と一緒にいたい」とストレートに気持ちを伝えてくれる悠真に心を動かされた海月は、一秒でも長く前向きに生きることを決意して…。ふたりのまっすぐな愛に涙が止まらない、感動の青春恋愛小説!!

ISBN：978-4-8137-9031-0

上書き保存のできない、たったひとつの恋だった。

Sytry《シトリー》・著

定価：1540円（本体1400円＋税10%）

忘れられない恋に
共感&涙

ハッピーエンドじゃなかった。
でも、君じゃなきゃダメだった。

“恋愛はコスパが悪い”。本気で人を好きになったことのない蒼だったが、嘘みたいに共通点の多い後輩・遙と惹かれ合う仲になる。恋人同士のような関係にのめりこんでいくが、ふたりの関係にはある秘密があって…。運命的に出会った蒼と遙の、唯一無二の一年間。切なくて愛おしい恋愛物語。

ISBN：978-4-8137-9102-7

すべての恋が終わるとしても

140字の恋の話

冬《ふゆ》野《の》夜《よ》空《ぞら》／著

＼共感＆感動！／

30秒で泣ける、切ない恋の超短編

TikTokクリエイター
けんご小説紹介との
＼特別対談収録！／

140字で綴られる、恋の始まりと終わり――。

「もっと早く告白しておけばよかった」幼なじみの彼は言った。慎重なところが魅力な彼だけれど、今回はその人柄が裏目に出てしまったらしい。「元気出して」「まあ大丈夫。お前は俺みたいに後悔するなよ」こんな時ですら私の心配だ。でも、私はそんな彼のことが――。「じゃあ、後悔しないように言うね」

（本文より『後悔しないように』引用）

定価：1375円（本体1250円＋税10％）　ISBN：978-4-8137-9135-5